KB051103

하이베른가의 대공자

하이베른가의 대공자 12

초판 1쇄 인쇄일 2024년 5월 10일 | **초판 1쇄 발행일** 2024년 5월 16일

지은이 청루연 | **펴낸이** 곽동현 | **담당편집 팀장** 이범수
편집부 정요한 김승건

펴낸곳 (주)조은세상 | 출판등록 제2002-23호
주소 서울특별시 동작구 동작대로1길 27 5층
TEL 02)587-2966 | FAX 02)587-2922
E-mail bukdu@comics21c.co.kr

청루연ⓒ2023
ISBN 979-11-391-3152-9 | ISBN 979-11-391-1964-0(set)
값 9,000원

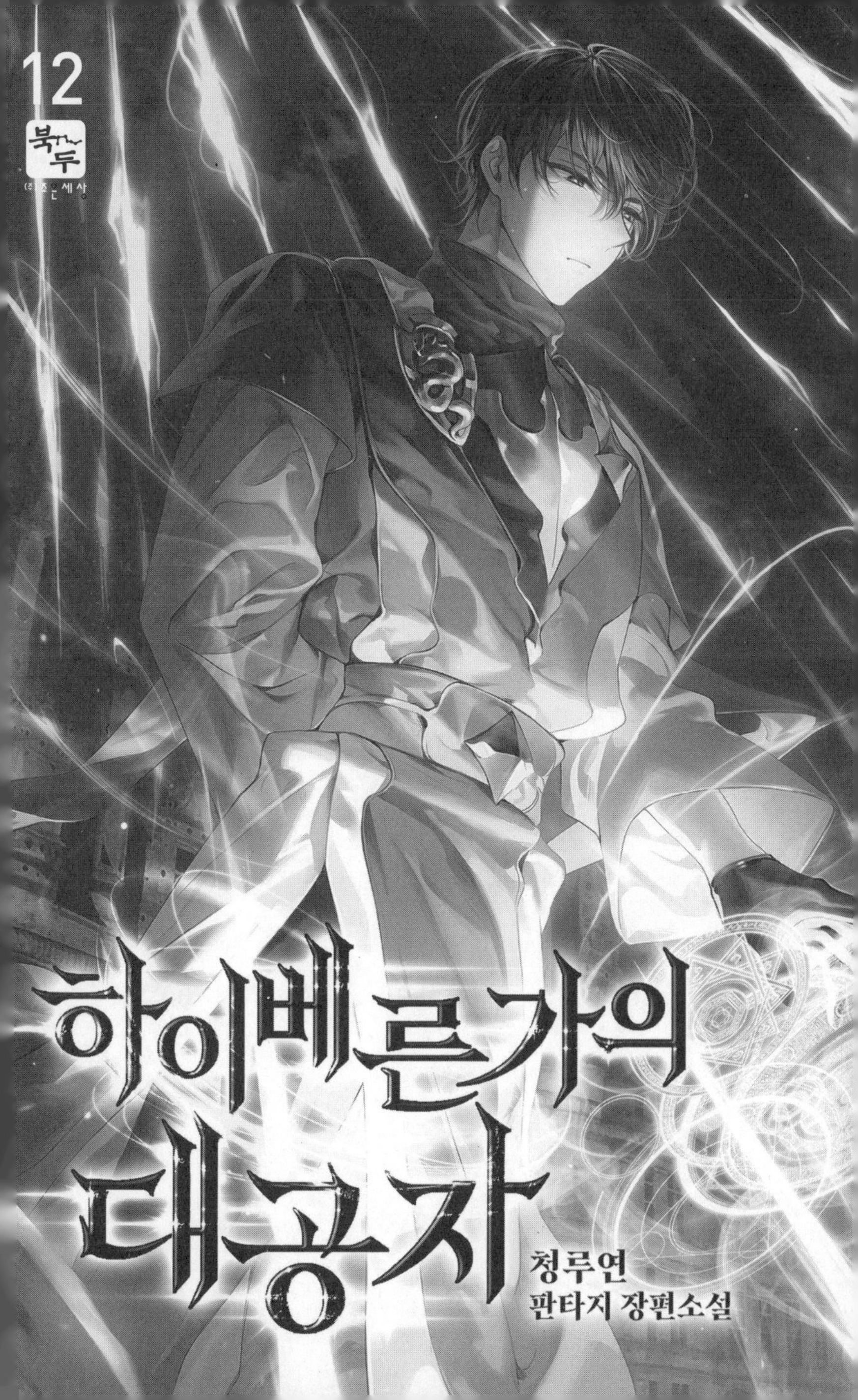
12
북두
(주)조은세상
하이베른가의 대공자
청루연
판타지 장편소설

청루연 판타지 장편소설
FANTASY STORY

CONTENTS

Chapter. 83

　루인이 헤데이안 학부장을 창세룡 카알라고스로 의심하기 시작하자 정작 누구보다 놀란 것은 당사자보다 그의 곁에 있던 마탑주 에기오스였다.

　세계의 주시자이자 동시에 마법의 조종이라 불리는 드래곤 일족 최강의 창세룡.

　혹은 지고의 존재라 하여 지고룡(地古龍)이라 칭송받아 온 카알라고스는 마도에 몸을 담고 있는 마법사라면 모두가 경외하는 대상이었다.

　하지만 카알라고스는 말 그대로 드래곤 일족의 종족을 연 창세(創世)의 존재.

드래곤이 아무리 수명이 길다고 해도 고대로부터 수만 년이 흐른 지금까지 살아 있을 수는 없는 일이었다.

헤데이안 학부장.

물론 그가 현자급 마법사임은 부정할 수 없었다.

하지만 사사건건 자신과 부딪치며 경쟁해 온 저 똥고집의 헤데이안이 그런 위대한 창세룡이라고는 도저히 생각할 수 없었다.

"자네는 대체 무슨 근거로 그런 말도 안 되는 주장을 하고 있는 건가?"

루인은 여전히 입을 열지 않고 있는 헤데이안 학부장을 무심한 눈으로 바라보고 있었다.

"제가 권능을 드러내자 사자성을 주시하는 그 늙은이의 기운이 느껴지더군요. 아마도 그 늙은이가 소드 힐 내에서 우리 가문을 주시하는 관리자인 것 같은데, 아닌가?"

"누굴 말하고 있는 겐가?"

"이름이 제롬이었죠 아마. 제법 선명하게 기억하고 있습니다. 제가 아는 사람과 이름이 같거든요."

은퇴한 초인 집단 소드 힐의 제롬.

과거에 자신이 발카시어리어스를 소환했을 때 득달같이 사자성에 달려왔던 노인의 본명.

그 강대한 초인의 기운이 저 멀리 몽델리아 산맥의 중심부에서 지금도 선명하게 느껴지고 있었다.

"무척 궁금할 겁니다. 발카시어리어스와 같은 마계의 존재가 아닌 순수한 인간의 권능이라는 걸 그도 분명하게 느꼈을 테니까요. 당연히 날 만나서 추궁하고 싶을 텐데 저 멀리서 고작 지켜만 보고 있네요. 왜일까?"

내심 헤데이안은 크게 놀라고 있었다.

제롬은 지금 사자성의 영역 바깥에 있다.

몽델리아 산맥의 깊숙한 곳에 숨어 있는 그를 이 먼 거리에서 감지할 수 있다는 의미는 단 하나.

대공자 루인의 감각권(感覺圈)이 그 머나먼 영역을 모두 아우른다는 뜻이었다.

그런 경지란 결코 인간에게 허락된 영역이 아니었다.

"보고를 보고도 믿지 않았거늘, 정말로 인간을 초월한 초월자란 말인가."

비로소 루인이 굳어 있던 표정을 풀고 피식 웃었다.

"과연. 저 호기심 많은 늙은이가 계속 참을성을 유지하는 이유가 여기에 있었군."

루인은 과거에 만났던 대현자 베리앙, 즉 비셰울리스를 통해 드래곤 일족이 소드 힐을 관할하고 있다는 것을 알고 있었다.

이렇게 모든 일을 주재하는 자가 직접 자신을 만나 보겠다고 나섰으니 굳이 제롬은 자신을 찾을 필요가 없었던 것.

어째 둘의 대화가 묘하게 돌아가고 있음을 느끼던 에기오스가 믿을 수 없다는 눈으로 헤데이안을 응시했다.

"정말로 자네가……."

"마탑주님은 라고스 학파에 대해서 아시는 것이 좀 있습니까?"

에기오스는 대공자 루인이 익살스럽게 웃으며 건넨 질문에 끝까지 대답하지 못하고 있었다.

헤데이안이 현자급 마도를 지니고도 마탑의 주류가 되지 못했던 이유가 바로 그의 불분명한 학파였기 때문.

만약 그가 정통적인 주류 학파에 몸을 담고 있었다면 자신이 아니라 저 헤데이안이 르마넬의 현자였을지도 몰랐다.

"그래도 적당하게 꾸며 댔어야지 자신의 이름 그대로 따서 라고스 학파라니. 자신감인 거야? 아니면 고집인 거야?"

헤데이안, 아니 카알라고스는 결국 자신의 근원을 드러내고 말았다.

"이 몸이 창세의 존재, 세계의 주시자라는 것을 알았다면 마땅히 허리를 숙여야 마땅하거늘—"

"존중? 기대하지 마. 너희 용들이 한 거라곤 고작 협잡과 방관밖에 없으니까."

"혀, 협잡? 방관……?"

카알라고스는 분노로 몸을 떨고 있었다.

드래곤 일족은 신의 사명을 부여받은 세계의 주시자이자 조율자로서 긴 세월 동안 인간을 도와 왔다.

때론 인간 문명의 진보를 도왔고, 세계적인 갈등을 조율

했으며, 파국에 이르려는 인간들의 행위를 막아 온 것이다.

그 숭고한 역사를 조금이라도 안다면 절대 해선 안 될 모욕.

참을 수 없이 일어난 불같은 분노가 강대한 용언(龍言)으로 터져 나오려고 할 때 루인의 표정이 잔인하게 일변했다.

"본 가의 수호룡인 비세리스마도 동족들에게 버림받은 존재. 균형이니 조율이니 하는 핑계나 대며 직간접적으로 인간을 도우려는 수많은 드래곤들을 핍박해 온 것이 네놈들의 역사다. 인간들의 편에 섰다가 동족에게 죽임을 당하거나 감금된 수호룡들은 역사에 셀 수 없이 많다."

루인의 두 눈동자에 어지럽게 얽혀 있는 감정은 그야말로 광기에 가까운 분노였다.

"고작 인간들 틈에 숨어서 인도하고 가르치며 설득해 온 네놈들의 역사를 정말 고결했다고 주장할 셈이냐? 너희들 스스로도 그렇게 떠들고 있지 않느냐? 인간을 수호하려는 게 아니라 실상은 삶의 작은 재미, '유희'라고."

마침내 카알라고스가 자신의 강대한 용마력을 드러낸다.

삽시간에 불어난 광활한 용마력.

절망적이기까지 한 창세룡의 아득한 마력에 에기오스의 얼굴이 새하얗게 질려 있었다.

"그래, 이래야 네놈들답지. 수틀리면 고작 찍어 눌러 온 것이 너희 용족의 졸렬한 실상이거든. 하지만 말이야."

씨익.

"과연 우리 인간이 언제까지 약한 종족으로 남아 있을까?"

초월자의 잿빛 권능이 촘촘하게 얽힌다.

루인의 권능마벽(權能魔壁)이 카알라고스의 강력한 용마력 결계를 저항 없이 비집고 들어간다.

저벅저벅.

순간 카알라고스의 두 눈에 얽힌 당황스러운 감정.

그런 그의 전면에 새하얀 빛이 일렁이자 그 광경을 지켜보던 에기오스가 경악했다.

현자답게, 카알라고스가 구현한 고위 술식이 이론상에서나 존재하는 초물리 상쇄 마법(Hyperphysical Offsetting Magic)이라는 것을 곧바로 알아본 것이다.

문제는 시전 과정이랄 것도 없는 용언 마법보다 루인의 움직임이 더욱 빨랐다는 것에 있었다.

꽈드득!

급격하게 확장된 카알라고스의 동공.

숨이 막히며 서서히 몸이 떠오른다.

자신의 목을 움켜쥔 채로 물끄러미 올려다보고 있는 루인.

그 스산한 눈동자와 마주친 카알라고스의 감정은 분노보단 오히려 소스라치는 전율이었다.

이내 루인의 입가가 기이한 각도로 비틀린다.

"본체도 아닌 고작 유희체로 초월자를 상대하겠다는 건 또 무슨 광기지? 겁을 상실한 건가? 아니면 아직도 인간이라고 얕보는 건가?"

카알라고스는 도무지 지금의 현실을 믿을 수 없었다.

인간의 모든 문명과 함께해 온 창세룡답게 그는 초월자가 된 인간을 상대했던 경험을 지니고 있었다.

한데 그들 중 어떤 초월자도 이토록 쉽게 자신을 제압하진 못했다.

드래곤의 심장으로 구동되는 용마력은 신에게 부여받은 힘.

아무리 인간이 종을 초월한 힘을 깨달았다고 해도 그들의 권능은 엄연한 한계가 있었다.

한데 이건 마치 하나의 상극을 만난 느낌이었다.

용언 마법으로 구현한 초고위 술식을 능숙하게 해체하며 짓쳐 오는 그의 권능은 마치 드래곤을 수도 없이 상대해 온 그런 느낌마저 들었던 것.

용마력과 용언 마법에 대해 알지 못한다면 절대로 구현해 낼 수 없는 그런 종류의 초월적인 권능이었다.

창세룡인 자신에게 이 정도라면 평범한 드래곤들에겐 재앙에 가까운 힘일 터였다.

'설마……?'

이렇게 능숙하게 용마력을 해체할 수 있다면 답은 단 하나.

문득 카알라고스는 대공자 루인이 동족을 괴롭혀 온 의문의 용살자(龍殺者)일지도 모른다는 생각이 들었다.

최근 백 년 사이 소리 소문 없이 실종되는 드래곤들이 제법 있었다.

천천히 잦아들고 있는 카알라고스의 용마력.

그럼에도 루인은 카알라고스의 목을 움켜쥔 손을 절대로 놓치지 않았다.

"마왕이 침범했을 때도, 막을 수 없는 천재지변이 일어났을 때도, 네놈들은 절망하고 있는 세계를 한 번도 구원하지 않았다. 너희는 그런 재앙들을 가리켜 고작 인과(因果)니 순환의 이치니 함부로 떠들어 댔지. 그랬던 너희들이 최후의 때가 오면 과연 나타날까?"

아니, 이들은 끝내 나타나지 않았다.

악제에 의해 전 인류가 죽고 모든 대륙이 사멸할 때까지 저들은 그때도 그저 방관자이며 조율자였다.

모른다면 몰라도 최후의 때를 처절하게 경험한 루인.

때론 적보다 침묵하는 아군이 오히려 더 무섭다는 걸 그는 경험으로 알고 있었다.

"모든 역사가 그랬던 것은 아니다 루인."

"……아버지?"

아직 루인은 가주비전으로 전해 내려오는 백룡(白龍)의 서를 직접 보지 못한 상태.

그런 백룡의 서엔 악마적인 존재들을 상대로 일전을 벌여 온 드래곤 일족의 역사에 대한 상세한 서술이 있었다.

"단지 그들은 자신들의 개입이 인간의 역사에 기록되는 걸 싫어했을 뿐이다. 또한 드래곤 일족의 그런 판단이 아니었다면 어쩌면 인간들은 생존의 본성과 투쟁심을 잃고 드래곤 일족을 보호하는 어미쯤으로 생각하며 살았겠지."

"……그게 무슨 말씀이십니까?"

카젠은 말없이 가주의 서랍을 열었다.

이어 그가 꺼내 든 건 세월의 흔적이 가득한, 한눈에 봐도 범상치 않은 고서였다.

"비셰울리스 님이 우리 가문에 남긴 백룡의 서다. 오직 하이베른가의 가주만이 열람할 수 있지."

"그런 것이……."

가문의 수호룡, 백룡 미셰리스마가 직접 남긴 유물.

"역사에 일부 고결하지 않은 드래곤도 있었겠으나 어찌 그들을 모두 싸잡아 원망할 수 있겠느냐? 백룡 비셰리스마 님처럼 한없이 인간을 사랑한 드래곤들은 아무도 지켜보지 않는 곳에서 마왕과 싸워 왔고 천재지변을 막아 왔다. 저들이 드러나지 않는 선택을 했다는 건 그 나름의 이유가 있을 터. 이렇게 함부로 핍박하는 건 옳지 못하다."

아버지의 말을 묵묵히 듣고 있던 루인은 결국 카알라고스의 목을 잡고 있던 손을 풀었다.

그럼 그땐 왜 인류의 절멸을 외면했지?

분명 소드 힐은 악제의 정보를 포착했다고 했는데, 왜 그런 중요한 정보를 각국의 왕실에는 비밀에 부쳤지?

직접 정체를 드러내고 단 한마디만 해 주었다면 최악의 상황은 피했을 텐데 대체 왜……

이처럼 루인의 입안을 맴도는 의문은 수도 없이 많았으나 그렇다고 입을 열 수는 없었다.

미래에 벌어질 일을 추궁해 봤자 답이 나올 리가 없기 때문.

오히려 자신이 회귀자라는 사실만 밝혀질 뿐이었다.

카알라고스가 목을 만지며 천천히 일어나더니 루인을 불같이 쏘아봤다.

하지만 루인의 입이 먼저 열렸다.

"이제 하이베른가는 르마델의 남부에 전 대륙이 공격해도 뚫지 못할 강력한 장벽(Wall)을 친다. 8만의 기사 병력, 마장기 20여 기, 거기에 다크 와이번 라이더 부대가 합류하지."

루인의 엄청난 선언에 현자 에기오스가 전율이 치민 표정으로 온몸을 떨고 있었다.

"대, 대체 지금 무슨 말을……?"

르마델이 보유한 마장기는 고작 1기가 전부인데 무슨 마장기가 20여 기라니?

게다가 다크 와이번 라이더?

그런 건 들어 본 적도, 아니 역사에 존재한 적조차 없는 부대였다.

"거기에 당신들 드래곤들, 그리고 소드 힐과 옴니션스 세이지의 합류를 제안, 아니 요청한다. 그리고 알다시피―"

루인의 두 눈이 맹렬하게 타오른다.

"하이베른가의 제안은 언제나 단 한 번뿐이다."

◆ ◈ ◆

생과 사가 오가는 전쟁의 중심.

그 혹독한 전장의 병사들은 오직 희망으로 살아간다.

이번 전투만 승리한다면 살아 돌아갈 수 있다는 희망.

올겨울만 버틴다면 부모님의 얼굴을 볼 수 있다는 희망.

그래서 인류 진영의 모든 병사들은 기다리고 있었다.

드래곤(Dragon).

창세부터 인간의 문명과 함께해 온 신화적인 존재들.

압도적인 힘과 정의로운 공의로 세계의 균형과 조화, 질서를 바로잡아 온 위대한 종족.

그들이라면 반드시 악제의 악마들을 짓이겨 줄 것이라고 모든 병사들이 굳게 믿고 있었던 것이다.

물론 그들은 무심한 존재들.

그러나 베나스 대륙에서 살아가는 모든 인류와 이종족들에게 닥친 절멸의 재앙이었다.

균형과 질서의 토대 자체가 사라지게 되는, 그런 참담한 재앙만큼은 결코 외면하지 못할 거라는 믿음.

하지만 르작센 평원에서 전멸에 가까운 타격을 입고, 열사의 땅 헬바운에서 피눈물을 머금으며 후퇴했을 때도 그들은 끝내 나타나지 않았다.

그제야 병사들은 상기했다.

마왕 발락카스와 함께 시공의 폭풍 속으로 빨려 들어간 영웅도 성자 아스타론이었으며, 마왕 발푸르카스를 물리치고 대륙에 평화를 가져다준 이도 용사 마헤달이었음을.

언제나 인류를 위기에서 구한 건 인간, 그 자신들이었다.

인류 진영의 영웅들이라고 해서 배신감을 느끼지 않았을까?

오히려 그들은 병사들보다도 더욱 치를 떨며 절망했다.

누군가는 드래곤들이 이미 악제에게 당했을 것이라고 했고, 혹은 최후의 반격을 위해 '존재'들과 더불어 때를 기다리고 있을 거라고 위로했다.

루인도 회귀 초기에는 그렇게 생각했다.

그들이 비밀 초인 집단을 양성하여 악제를 막기 위해 암약하고 있다는 것이 반가웠다.

만약 전생에서도 그들이 인간들보다 먼저 악제와 부딪쳤다면 그들의 침묵을 설명할 수 있을 테니까.

그래서 처음에는 루인도 그동안의 오해와 편견을 반성했던 것이다.

하지만 이번 생을 살아갈수록 명확해진다.

특히 저 눈.

창세룡 카알라고스의 눈빛을 통해 루인은 모든 것을 알 수 있었다.

그것은 적개심과 투쟁심으로 끓어오르는 눈이 아니라 고작 자신을 두려워하는 눈이었다.

창세부터 존재했다는 저 위대한 존재가, 한낱 인간의 힘이 두려워 온 마음으로 경계하고 있는 것이다.

저들이 경계하고 대비했던 건 악제 따위가 아니었다.

언젠가는 드래곤 일족이 인간의 문명에 의해 압도될 수 있다는 두려움의 발로.

인과의 균형? 세계의 조율?

그런 건 모두 실체 없는 허상.

저들이 인간의 사회에서 암약하며 대비해 온 건 바로 인간의 문명, 그 자체였던 것이다.

그래서 루인은 그 공포를 이용하기로 결심했다.

카알라고스에게 소드 힐과 옴니션스 세이지, 그리고 드래곤 일족의 힘까지 빌려 달라는 건 그야말로 모든 것을 내놓으라는 뜻.

하지만 역시 그는 함부로 대답하지 않는다.

21

분명 초월자의 힘을 경계하고 있으나, 그 격이 어디까지 미치는지 아직 가늠하지 못한 것.

저 창세룡을 완전히 굴복시키려면 그에게 경계와 두려움을 넘어선 완전한 공포를 심어 주어야 했다.

츠츠츠츠츠츠—

소환된 헬라게아.

루인이 의지로 명령하자 헬라게아의 입구가 천천히 벌어졌다.

가주실의 창으로 들어오는 따사로운 햇살에 의해 헬라게아의 광활한 내부가 천천히 드러나고 있었다.

카알라고스의 두 눈이 찢어질 듯이 떠진 건 그때였다.

광활한 아공간의 내부.

질서 있게 도열해 있는 엄청난 크기의 마장기 군단.

카알라고스는 그것이 약 8년여 전부터 사자성 위에 우뚝 솟아 있는 마장기와 동일한 것임을 곧바로 파악했다.

더욱이 그 규모 역시 루인이 언급한 20여 기 수준이 아니었다.

거기에 산더미처럼 쌓여 있는 마정석 더미, 거대한 괴물의 사체들, 출처조차 알 수 없는 무시무시한 아티펙트들이 셀 수도 없었다.

웬만한 에이션트 드래곤의 레어와는 비교조차 될 수 없는 수준.

심지어 아공간 속엔 드래곤 본(Bone)으로 보이는 거대한 뼈 더미와 강렬하게 발광하고 있는 드래곤 하트를 모아 놓은 진열대도 있었다.

물론 그 규모란 것도 단순한 몇 마리의 사체 수준이 아니었다.

지이이이잉—

루인이 의지를 거두자 다시 헬라게아의 아공간이 닫힌다.

일족의 사체까지 확인한 카알라고스는 온갖 복잡한 감정이 역력한 눈빛.

루인은 입만 멍하니 벌리고 있는 에기오스와 심각한 표정의 카알라고스를 번갈아 응시했다.

"내가 이걸로 뭘 할 수 있을까?"

끝까지 침묵하고 있는 카알라오스를 향해 루인이 예의 새하얗게 웃고 있었다.

"북부의 왕국들을 정리하고 통합하는 거? 뭐, 보다 쉽게 가려면 대륙의 패권을 두고 알칸 제국과의 일전을 벌이는 선택도 좋겠지."

르마델의 왕가 따윈 안중에도 없다는 듯한 루인의 태도.

"하지만 시시하고 번잡해. 이런 엄청난 전력으로 고작 대륙의 패권이라니…… 그게 내 입장에선 좀 그렇거든. 차라리 골칫덩이인 드래곤 놈들을 모두 죽여 없애면 어떨까 싶은데. 별 도움도 안 되고."

23

마장기가 등장한 시점부터 드래곤들은 유희를 제외한 모든 활동을 중단했다.

그도 그럴 것이, 아무리 드래곤 일족이라고 해도 각국의 마장기 전력을 모두 상대할 수는 없었기 때문.

가장 강력한 레드 드래곤의 화염 브레스보다도 마장기의 마력광선휘광포가 훨씬 강력했다.

통상적으로 중급 마장기 1기는 에이션트 드래곤조차 압도할 수 있었다.

"감히……!"

"불가능할 것 같아?"

멍한 표정을 하고 있던 에기오스가 갑자기 끼어들었다.

"……자네는 정말 상상할 수도 없는 마도를 구현해 냈군. 그런 아공간은 구경조차 해 본 적이 없네."

마장기를 비롯한 내부의 물건들도 놀라웠지만 정작 에기오스를 가장 경악하게 만든 건 아공간 그 자체였다.

아무리 현자급 마법사라고 해도 그 아공간의 규모는 통상적으로 20큐빗을 넘지 못한다.

하지만 루인의 아공간은 애초에 측량이 무의미한 수준.

거의 성(城) 하나를 내부에 품고도 넉넉한 공간이었다.

저런 초월적인 아공간이라면 그 마력을 유지하는 것만으로도 탈진해야 정상인데 루인은 마나 번으로 지친 기색 하나 없었다.

"한데 오너 매지션들도 그만큼 확보해 두었는가?"

에기오스는 그것이 하이베른가의 치명적인 약점이라 여겼다.

마장기를 전개하기 위한 필수 요건인 오너 매지션.

오너 매지션들이 없다면 마장기는 고철 덩어리나 다름이 없었다.

하지만 여유롭게 웃고 있는 루인.

"걱정 감사드립니다. 아쉬운 대로 5기 정도는 제 단독으로 운용할 수 있습니다."

"5기……?"

현자나 그에 준하는 마법사가 수개월, 혹은 수년 동안의 반복적인 동화 훈련을 거듭한 후에야 비로소 운용할 수 있는 것이 바로 마장기.

그런 현자급 오너 매지션들에게도 마장기의 엄청난 마력을 통제하는 것은 제법 힘에 부치는 일이었다.

그래서 보통은 마장기를 반나절 정도 운용하고 나면 사흘은 명상하며 쉬어야 했다.

그것이 바로 현대 마법의 상식.

한데 루인은 현자급 마법사도 버거워하는 그런 마장기를 무려 5기나 동시에 운용할 수 있다고 주장하고 있는 것이다.

"대체 어떻게 단 한 명의 인간이……."

"불가능할 것 같습니까?"

직시해 오는 루인의 눈빛에 에기오스는 절로 눈이 내리깔렸다.

대공자는 분명 자신이 내보이고 있는 자신감에 대해 어떤 근거도 제시하지 않고 있었다.

하지만 저 눈.

소름 돋을 만큼 투명한 저 눈동자가 말하고 있었다.

내 진정한 마도(魔道)를 보고 난 후를 과연 감당할 수 있겠냐고.

에기오스는 온몸이 떨려 올 수밖에 없었다.

아공간에 마장기를 수십 대나 보유한 채, 언제든지 소환하여 5기 정도쯤은 가볍게 전개할 수 있는 초월 마법사?

그건 파괴적인 수준이 아니라 재앙에 가까웠다.

마장기의 파괴력은 비록 무시무시했지만 그 엄청난 무게와 크기 때문에 반드시 이동에 제약이 있을 수밖에 없었다.

그것이 바로 각국의 첩보전이 치열해진 원인.

각국의 첩자들은 최우선적으로 적성 국가가 보유한 마장기의 동선부터 파악하고 있었다.

한데 루인은 그런 엄청난 마장기 전력을 홀로 아공간에 소유한 채로 대륙의 어디든지 공간 이동을 할 수 있는 마법사다.

마장기로 유격전이 가능한 유일무이한 존재.

저 단 한 명의 인간이 온전한 '국가 전력'이나 마찬가지란 뜻이었다.

그 가공한 위력을 창세룡인 카알라고스가 깨닫지 못했을 까?

드래곤들은 거의 모든 개체들이 일정한 영역을 구축하고 단독으로 생활한다.

저 루인이 마음을 먹고 유격전을 펼친다면 드래곤 일족은 정말로 멸족의 운명을 맞이할 수도 있었다.

더욱이 카알라고스는 학부장 헤데이안으로 활동하며 마법 학부에서의 루인의 무등위 생도 시절을 뼈저리게 경험한 장본인이었다.

대공자 루인의 빈틈없는 치밀함과 철저함.

그런 그에게 놀란 적이 한두 번이 아니었다.

"하이베른가가 갑자기 곡물을 사들이는 것도 그 때문이었는가."

지금 주변 왕국들은 하이베른가에 막대한 양의 곡물들을 팔아넘기고 있었다.

대부분의 국가들이 풍작으로 여유로웠고, 그들 중 몇몇 국가들은 막대한 곡물 재고를 걱정하는 수준에 이르러 있었다.

이렇게 적국의 군량이 되는 줄도 모르고 헐값에 대량으로 팔아넘기고 있으니······.

"확실히 비밀 정보 집단의 수장답게 정보가 빨라. 또 뭘 더 알고 있지?"

카알라고스는 대답하지 않았다.

저 음험한 루인과는 대화하면 할수록 자신만 손해라는 것을 알기 때문.

"뭐 숨겨도 상관은 없다. 어차피 당신들은 이 하이베른의 전력이 될 테니까. 더 할 말이 있나? 이 정도면 서로 할 말은 대충 끝낸 거 같은데."

한 번뿐인 하이베른가의 제안.

저 대공자는 분명 소드 힐과 옴니션스 세이지, 심지어 드래곤 일족 모두와 적이 된다고 해도 망설이지 않을 것이다.

카알라고스의 고민은 길지 않았다.

창세룡인 그에게 일족의 안위보다 더 중요한 것은 없었다.

"그대와 협력하겠다."

"그래야겠지."

대공자 루인의 이죽거리는 표정에 죽도록 열불이 끓었지만 카알라고스는 끝까지 인내하며 참아 내고 있었다.

그때 루인이 가주실 한켠에 비치되어 있는 종이와 펜을 가져왔다.

휘갈기듯이 뭔가를 적고는 이내 에기오스에게 건네는 루인.

"이게 무엇인가?"

루인이 건네준 쪽지에 적혀 있는 것은 마탑과 마법학부, 그리고 일부 궁정마법사들의 명단이었다.

그들 대부분이 경지에 올라 있는 마법사들이었는데, 몇몇은 세이지 등위의 아성에 도전하는 이들도 있었다.

물론 거기에는 자신의 이름도 있었다.

"제가 미리 생각해 놓은 오너 매지션들의 명단입니다."

"오, 오너 매지션?"

"미리 말했을 텐데요? 남부 전선의 기다란 장벽(Wall)을 따라 절대적인 방어막을 구축하겠다고. 제가 왕국에 공여할 24기의 마장기들은 장벽의 망루마다 배치될 겁니다."

에기오스는 이해할 수 없었다.

전쟁을 결심했다면 그것은 공격전을 의미한다.

한데 그런 르마델이 모든 전력을 방어전에 투입한다는 건 전략의 상식을 모조리 부정하는 말이었다.

"지금은 평화로운 시기네. 남부에 방어선을 구축해 봤자 국경의 수비를 단단하게 방비하는 것에 지나지 않네. 한데 어찌 그것을 전쟁이라 부를 수 있겠는가?"

"전쟁을 할 겁니다."

"그게 무슨……?"

"르마델의 남부는 아마 알칸 제국을 비롯한 모든 왕국의 공격을 받게 될 겁니다."

루인이 씨익 웃었다.

"제가 그렇게 만들 거거든요."

◆ ◈ ◆

카알라고스와 현자 에기오스가 돌아간 후.

카젠은 한동안 말없이 루인을 바라보고 있었다.

묻고 싶은 것이 머릿속에 수없이 떠올랐지만, 정작 차분하기 짝이 없는 아들 녀석의 표정을 보고 있자니 피식 웃음만 새어 나올 뿐이었다.

북부 대륙에 속한 모든 국가들의 합공.

전장의 참혹함을 뼈저리게 경험한 장수로서, 그것이 얼마나 무서운 일인지를 카젠은 누구보다 잘 알고 있었다.

"진지를 지킨다는 것은 단순히 전력의 우위만으로 가능한 것이 아니다."

오랜 고민 끝에 입을 연 아버지를 향해 루인은 차분하게 고개를 끄덕이고 있었다.

방어전.

병략 중에서도 가장 유리하다고 알려진 전술이지만, 기실 지휘관의 입장에서 선택할 수 있는 수단은 그리 많지 않았다.

가장 큰 문제는 병사들의 사기.

병사들이 무리에 섞여 대열을 이루고 있을 때는 사실 적이 잘 보이지도 않는다.

그러나 방어전에 투입된 병사들은 반드시 높은 곳에서 적의 거대한 군세를 고스란히 느끼며 수성에 임할 수밖에 없었다.

그런 심리적인 공포는 경험이 없는 병사들에게 엄청난 압박감으로 다가온다.

하루 이틀이면 모르겠으나 한 달, 반년…… 그렇게 시간이 흐르면 흐를수록 그런 압박과 긴장감은 점차 공포로 변질되는 것이다.

"방어전에 돌입한 병사들에게 무엇보다 필요한 건 반드시 버틸 수 있다는 믿음입니다."

"그렇다. 병사들의 심리적인 안정이 담보되지 않은 방어전은 많은 불안한 변수들을 발생케 한다."

"그래서 저는 가장 먼저—"

"그래서 대공자는 군량부터 확보한 것인가?"

"그렇습니다."

버티는 병사들의 마음을 안정케 하는 건 마장기나 다크 와이번 따위가 아니었다.

깨끗한 식수와 넉넉한 군량.

질 좋은 보급에서 오는 심리적인 안정감은 방어전에서 가장 필요한 사기의 담보였다.

"대체 얼마나 긴 전쟁을 할 참이냐?"

루인이 소에느에게 지시한 곡물의 매입 규모는 터무니없는 수준.

8만의 병사들이 최소 10년을 배불리 먹으며 버틸 수 있을 정도로 가히 천문학적인 양이었다.

그렇게 길고 처절한 방어전은 인류의 역사 어디에도 존재하지 않았다.

"각국이 숨기고 있는 비장의 수를 남김없이 드러낼 때, 그리고 그놈이 나타날 때까지입니다."

"비장의 수?"

루인이 말한 그놈이 누군지는 카젠도 이미 알고 있었다.

루인의 전생을 피로 물들인 대적, 악제(惡帝).

인류 문명의 존속을 부정하고, 나아가 모든 인간을 절멸하려는 사상 최악, 최강의 악마.

자신의 아들이 그런 악마를 막으려 한다는 것은 알고 있었으나, 각국이 숨기고 있는 비장의 수는 처음 듣는 소리였다.

"제가 아무런 이유도 없이, 그저 이익만 생각하고 마정석을 대륙에 푼 것 같습니까?"

루인의 입에서 흘러나온 그 말을 듣는 순간 카젠은 온몸에 전율이 흘렀다.

녀석의 말이 의미하는 바가 너무도 명확하기 때문이었다.

"설마 이 모든 것이 8년 전의 그날로부터 계획된 일이란 말이더냐?"

"정확히 말씀을 드리자면 고모에게 가문의 창고를 맡길 때부터입니다."

태연한 루인의 대답에 카젠은 말문이 막히고 말았다.

루인의 말은 거대한 규모의 마정석을 시장에 공급해, 인간 문명의 진일보를 인위적으로 의도했다는 뜻.

인류 최강의 마도 병기 마장기도 마정석의 무한한 힘으로부터 출발했고, 에어라인을 허공에 부유하게 만드는 신비의 부유석(浮游石) 역시 마정석의 변환 물질이었다.

그 밖에도 관성 감응석으로 마력 총기를 개발한 게드리아 왕국이 있었고.

가속 열화석으로 거대한 초열 필드를 구현해 모든 국가가 대규모 개활전을 포기하도록 만든 올칸도 왕국이 존재했다.

이처럼 마정석이란 무한한 가능성을 지녔다.

온갖 종류의 권능을 구현하는 근원 촉매이며, 동시에 문명의 진일보를 상징하는 기적의 물질인 것이다.

"대체 너란 녀석은……"

루인 역시 불과 한 사람의 작은 인간일 뿐이었다.

인간 문명의 발전이라는, 그런 상상도 할 수 없는 도약이 단 한 사람의 구상과 계획으로 실현되다니…….

이번 생의 루인을 처음부터 끝까지 지켜본 카젠으로서도 그것은 도저히 믿기지 않는 말이었다.

"마정석은 마도 공학만의 전유물이 아닙니다. 세계를 흔들 만한 충격적인 발견은 분명 마도(魔道)가 아닌 평범한 사람들에게서 나올 겁니다."

백마법은 수만 년을 갈고닦은 마신의 흑마법에 비해서도 결코 모자람이 없었다.

도서관에서 백마법의 광대한 토대를 느끼며 집단 지성의 무서움을 뼈저리게 경험한 루인.

과연 모든 평범한 이들에게 마정석이 주어졌을 때 어떤 기적이 이 대륙에 피어날까?

그것이 바로 악제를 상대할 수 있는 진정한 힘일 것이다.

루인은 사람들을, 그들이 앞으로 창조해 낼 기적을 굳게 믿고 있었다.

"허면 그 이후는 어떻게 할 작정이냐?"

"그 이후라시면……?"

"악제. 그자를 처지하고 난 후를 말함이다. 네 녀석이 의도한 문명의 진일보가 끝내 우리 르마델의 상시적인 위험으로 변질된다면 그때는 어떨 참이냐?"

허탈한 표정으로 웃기만 하는 루인.

악제의 이후라는 건 루인이 단 한순간도 상상해 보지 않은 일이었다.

아버지께서는 악제의 이후를 생각하는 것이 어느 정도의 사치이며 얼마나 기적에 가까운 일인지를 모르고 계셨다.

마신의 힘을 이어받은 이 흑암의 공포가 기적을 상정해야만이 겨우 상상할 수 있는 결말.

순간 루인은 풋 하고 웃음이 터져 나왔다.

저런 속 편한 상상이 가능한 아버지의 삶이 문득 부러워진 것.

"왜 웃는 것이냐?"

한동안 대답 없이 웃고만 있던 루인이 이내 표정을 차갑게 굳힌다.

"전 지금까지 르마델의 또 다른 적성국 따윈 한 번도 대비한 적이 없습니다. 인류의 절멸을 막아 내는 것만이 제가 회귀한 모든 이유이기 때문입니다."

무섭도록 차가운 아들의 표정에 카젠은 감히 입을 열 수가 없었다.

"기적이, 그것도 인류사를 다시 쓸 만한 기적이 일어나야 가능한 일입니다. 그러므로 제게 악제의 이후란 없습니다."

거대한 공국을 통할하는 위대한 사자왕이 숨이 멎을 것처럼 긴장하고 있었다.

그만큼 루인이 내뿜는 처절한 분위기는 압도적이었다.

"……그렇게 무서운 자란 말이더냐?"

역사에 남을 초월자가 된 아들이, 이토록 경계할 정도라면 대체 그 악제란 자는 어느 정도란 말인가?

한참을 고민하는 루인.

결국 그는 앞으로 일어날 일들에 대해 조금은 말해 드리기로 결심했다.

"악제군의 군단장들이 있었습니다."

"군단장……?"

"네. 그들 모두가 지금의 아버지를 아득히 능가하는 경지의 무인으로 나타날 것입니다. 그들 중에는 알칸 제국의 유일 기사 브라가도 포함됩니다."

"브라가……?"

패왕 바스더 사후 가장 거대한 이름을 이룩한 기사.

앞으로 천 년 동안 울려 퍼질 서사시의 주인공.

그는 검을 든 이라면 모두가 인정해 마지않는 세계 최강의 기사였다.

초인 너머의 초인, 현시대의 알칸 제국의 황제조차 함부로 건드리지 않는 '유일 기사' 브라가(Braga).

하이베른이 아무리 르마델의 기사를 상정하는 사자의 이름이지만, 유일 기사 브라가가 이룩한 세계적인 명성에 비한다면 달빛에 비친 반딧불 수준이었다.

그런 브라가가 악제군의 한낱 군단장에 불과하다니 카젠은 도무지 믿기지가 않았다.

그는 마음만 먹는다면 알칸 제국의 현 황제조차 갈아 치울 수 있는 인물.

"브라가와 그의 검가 전체가 악제군에 투신할 겁니다. 그로써 알칸 제국의 몰락이 시작될 것이며, 그 일은 세계적인 재앙의 출발점이기도 합니다."

브라가의 진 가문 전체가 악제군에 투신하다니?

진(Jin) 가문은 웬만한 왕국의 전체 군사력조차 쑥대밭으로 만들 수 있는 알칸 제국의 초거대 검가.

그 무시무시한 가문이 악제군이 된다는 것은 사실상 알칸 제국의 군사력이 해체된다는 뜻이나 다름없는 소리였다.

"그 밖에도 인류 측의 많은 영웅적인 기사들이 악제군, 즉 적으로 변할 겁니다. 아버지께서 익히 들어 봤을 법한 명성 높은 기사들의 칠 할이 악제군에 편성된다고 보시면 됩니다."

"……어째서 고귀한 기사도와 신념을 지닌 기사들이 인류 절멸의 계획에 동참한단 말이더냐?"

"악제의 권능 '사념 통제'입니다. 한 인간의 자아 속에 어떤 형태로든 악(惡)이 존재한다면 악제는 반드시 비집고 들어갈 수 있습니다. 인류 측의 지휘관은 언제 어디서 배신당할지 모르는 상황을 상정해야 합니다."

카젠은 감히 상상도 되지 않았다.

대체 어떻게 한 인간이, 군단에 속한 기사들의 자아를 모조리 집어삼킬 수 있단 말인가?

사념 통제라는 권능 자체를 믿을 수 없었다.

그런 형태의 권능 구현이 가능하다면 그건 신(神)이나 다름없었다.

그때 카젠의 표정에 불길한 기운이 내려앉았다.

"설마 그 말은……?"

루인은 아버지의 두 눈에 얽혀 있는 의문을 담담히 마주했다.

질문을 마저 듣지 않아도 알 수 있었다. 아버지께서 저토록 불안한 눈빛을 하고 계시는 이유를.

"네. 우리 하이베른가도 마찬가지입니다. 하지만 제가 알고 있는 배신자를 말씀드리진 않겠습니다. 알고 계시다시피 저로 인해 우리 가문의 역사는 많이 바뀌었으니까요."

하나 그런 루인의 대답은 카젠에게 더 한 불안감을 야기했다.

악제의 권능인 사념 통제의 실체를 모두 루인에게 들어 버린 마당.

그 말은 앞으로 가문의 누구라도 배신자가 될 수 있다는 뜻이기 때문이었다.

소에느와 니젠을 포함한 가문의 혈족들.

봉신가의 가주들과 기사단의 단주들.

그들 중 한 명이라도 배신자가 나온다면 그 파급력이란 굳이 입을 열어 설명할 필요도 없었다.

"……그래도 나는 들어야겠다."

루인은 눈을 질끈 감았다.

공작령을 경영하는 주인이자 이 거대한 검가의 사자왕으로서 아버지의 불안한 심정을 모르는 것은 아니었다.

하지만 자신이 경험한 가문의 역사는 너무나도 끔찍한 것.

그리고 그 대부분의 일은 자신 때문에 일어난 일이었다.

"아버지……."

"나는 들어야겠다. 루인."

공작령의 영지민들이 가장 먼저 악제의 백성이 되길 자처했던 근본적인 이유.

모든 것을 잃은 검술왕 데인이 끝내 분노와 광기에 사로잡혀 폭주하게 된 진정한 원인.

"……못 하겠습니다."

"루인!"

아들을 잃고 난 후 삶의 이유가 사라진 아버지.

그 혼란한 감정 속에 피어난 작은 틈.

1왕자 아라혼과 더불어 르마델을 지도상에서 지워 버린 르마델 출신 최강의 군단장.

베벤토 학장이 신앙처럼 추앙했던 악제군의 돌격 대장이자 누구보다 인간을 저주했던 암흑 기사.

검성에 의해 최후를 맞이했던 그 이름.

그것이 검술왕 데인이 검성을 사무치도록 증오했던 가장 커다란 이유였다.

"……사자왕 카젠."

아들의 입에서 자신의 이름이 흘러나온 순간.

"일부 혈족들과 영지민들을 이끌고, 가장 먼저 악제군에 투신한 자는 바로 아버지십니다."

카젠은 시간이 정지된 것처럼 굳어 버렸다.

도저히 이해할 수 없는 거대한 의문이.

그의 뇌리를 송두리째 집어삼키고 있었다.

Chapter. 84

아들의 마음도 함께 찢어지고 있었다.

허울뿐인 대공자.

베른이라는 이름 아래 뭉친 이 거대한 검의 가문에서 기억해 주는 사람 하나 없는 완전히 버려진 존재.

당시의 루인은 말라 가는 육체보다 그렇게 대공자로서 죽어 가는 유폐지에서의 삶을 증오하고 있었다.

사자왕 카젠.

어느 순간 유폐지의 존재는커녕 공식적으로 대공자를 언급하는 것조차 가율로 막아 버린 철혈의 가주.

마치 자신이 죽기라도 바랐던 것처럼, 유폐지를 관리하는

43

집사를 포함한 모든 하인들을 철수시켜 버렸던 아버지.

부서져 가는 육체, 스프 그릇 하나 제대로 들 힘도 없는 아들을 홀로 내버려 둔 아버지의 비정함을 루인은 견딜 수가 없었다.

그래서 쟈이로벨이라는 악마와 거래를 했다.

그의 도움을 받아 가문을 탈출하며, 자신은 언제나 베른가를 부정했고 또 증오했으며 더 이상 돌아보지 않았다.

그 당시에는 아버지도 인간이라는 것을 깨닫지 못했다.

그땐 아비의 슬픔과 좌절을 헤아릴 수 있는 눈이 없었다.

그러나 그렇게 세상으로부터 아들을 빼앗겨 버린 위대한 기사가, 악제군의 돌격대장이 되어 세상을 피로 물들였을 때 비로소 루인은 깨달았다.

아들을, 대공자를 외면하는 것만이 그가 가문을 지켜 낼 수 있는 유일한 방법이었음을.

당시의 소에느 일파를 위시한 대부분의 기사들이 유폐지에 있는 대공자의 존재가 사자왕의 인생을 망친 원흉이라 생각하고 있었던 것이다.

그렇게 세상을 떠돌다가 마침내 마도(魔道)를 깨닫고 혈류 마나석의 작동 원리를 깨우쳤을 때 루인은 피눈물을 흘리며 지난 시간을 참회했다.

자신의 생명을 아들에게 내어 준 아버지가 그런 아들을 사랑하지 않았을 리 없었다.

아들이 미워 유폐지로 추방했던 것이 아니라 그것은 가문의 외풍으로부터의 보호였던 것이다.

"당시의 아버지는 세상으로부터 절 잃었다고 생각하셨습니다."

그토록 아내를 사랑했던 사자왕.

하나 여동생에 의해 그런 아내가 죽임을 당하고, 대공자마저 자신의 품을 떠나갔을 때 그 황폐한 마음이란 감히 짐작할 수도 없었다.

찾아온 절망.

아버지는 남은 모든 날을 저주의 형벌이라 여기셨을 것이고, 그렇게 차츰 희망으로부터 멀어졌을 것이었다.

"나는……."

하지만 카젠.

여전히 그는 자신이 했던 선택을 도저히 받아들일 수 없는 얼굴이었다.

"저 때문입니다. 모두 제 옹졸한 선택 때문에 비롯된 일입니다. 제가 유폐지를 떠나지 않았더라면 결코 아버지의 남은 날이 그렇게 황폐하게 변하지 않았을 것입니다."

카젠은 가만히 상상해 보았다.

자신의 첫아들, 대공자가 세상에서 사라진 삶을.

한데 루인이 존재하지 않는 삶이란 도저히 상상되지 않았다.

그런 형벌과도 같은 삶을 살아가게 된다면 과연 온전한 정신을 유지할 수 있을까?

자신이 변하지 않음을, 사자왕으로서의 건재함을 잃지 않음을 장담할 수 없었다.

슬프고 두려운 일이지만, 루인의 전생이 기억하고 있는 자신을 이제는 인정해야만 했다.

"그렇구나."

하이베른가를 저버린 사자왕.

인류의 배신자, 군단장 카젠.

그런 광기의 존재를 드디어 자신의 일부로 받아들인 것이다.

이후 카젠은 군단장이 된 자신이 했던 일들에 대해 루인에게 상세하게 묻기 시작했다.

북부의 모든 가문을 멸족시키고, 나아가 르마델 전체를 집어삼킨 악제의 군세.

북부 왕국들을 초토화시키며 그대로 진격하여 알칸 제국의 절반을 무너뜨린 무시무시한 돌격대장.

하지만 이상한 점이 있었다.

아들이 묘사하고 있는 자신의 무력(武力)이 가히 상식을 초월했기 때문.

"……내가 그 정도로 강했었단 말이더냐?"

루인이 묘사하고 있는 군단장 카젠은 초인의 끝자락을

넘어선, 거의 초월자에 준하는 무력.

일검에 성벽 전체를 허물어뜨리고, 거대한 마장기를 처참하게 파괴하는 건 지금의 경지로는 도저히 불가능했다.

"악제에게 사념 장악을 당한 군단장들은 그 즉시 과거보다 월등하게 강력해졌습니다."

"그게…… 어떻게 가능하단 말이냐?"

기사(Knight).

고통과 인내 없이 성장하는 검(劍)은 없다.

명상을 해 온 세월만큼 깨달음은 진일보하고, 끊임없는 육체 수련을 통해 정확성이 증가한다.

뛴 만큼 폐활량이 증가하고 지구력이 늘어나는 건 만고불변의 진리.

한데 어떻게 고작 사념 장악을 당한 것만으로도 기존의 경지를 수배나 증가할 수 있단 말인가?

"저희도 오래도록 연구를 거듭했지만 악제의 무엇이 군단장들을 강화하는지는 끝내 파악하지 못했습니다. 다만 악제 놈이 사념을 통해 군단장들에게 자신의 지혜를 직접적으로 전달하는 것만큼은 확실합니다."

"지혜……?"

"인류의 첫 마법사 테아마라스니까요. 문명과 함께해 온 자입니다. 그는 절대 단순한 초월자가 아닙니다."

"그가 테아마라스란 말이더냐!"

부서질 듯 의자를 움켜쥐며 일어난 카젠.

인류 문명의 영웅인 그가 악제라는 사실은 카젠에게도 큰 충격이 아닐 수 없었다.

대체 마법의 세계에서 신성시되어 온 위대한 존재가 인류의 파멸로 이끌 악제(惡帝)라니!

그런 고대의 존재가 지금까지 실존하고 있는 문제는 차치하고서라도, 도대체 왜 그런 위대한 자가 인류를 절멸하려고 드는 건지 카젠은 도저히 이해되지 않았다.

"위대한 영웅께서 왜 그런 일을……."

"모릅니다. 인류 진영의 어느 누구도 악제의 의도를 헤아리진 못했습니다."

그건 당시의 전 인류가 지녔던 의문이었다.

악제에게는 이유가 없었다.

아무리 참혹한 악마라고 해도 사람이라면 응당 욕망이 있을 텐데 그에겐 그런 것이 느껴지지 않았던 것.

사람의 욕망이라는 것도 문명이라는 지속적인 체계 위에 피어나는 법이었다.

그러나 그의 목적은 문명이라는 대상 자체, 이 세상 전부를 지워 버리는 것이었다.

순간 루인이 자리에서 일어났다.

어쩐지 그의 표정에서 초조함이 묻어 나오고 있었다.

"시간이 없습니다. 지금은 움직여야 할 때입니다."

아버지와의 대담은 비록 중요하지만 지금의 루인에겐 한 가롭게 떠들 여유가 없었다.

가변세계에서의 8년이라는 시간적인 변수로 인해 대마도 사의 계획이 틀어졌다.

이 변수를 다시 통제할 수 있는 상수로 만들어야 했다.

"……지금 알칸 제국으로 가겠다는 것이냐?"

"걱정하지 마십시오. 남부의 방벽이 준비되기 전까진 그들을 섣불리 자극할 생각은 없습니다."

문득 품을 뒤져 마법 스크롤과 작은 서류를 꺼내 내미는 루인.

서류를 받아 든 카젠의 눈빛이 의문으로 물들었을 때 또다시 루인의 입이 열렸다.

"곡물 매입이 끝나면 그 스크롤을 찢으십시오. 그리해 주신다면 제가 즉시 가문으로 귀환해 제 아공간에 모든 곡물을 보관하겠습니다."

그야말로 멍해져 버린 카젠.

지금 하이베른가가 매입하고 있는 곡물의 규모는 가히 천문학적이었다.

사자성의 모든 외부의 여유 공간에 야적(野積)해 둔다고 해도 감당하기 어려운 상황.

그렇지 않아도 그런 곡물 보관 문제 때문에 골머리를 앓고 있었기에 루인의 말은 반가우면서도 황당한 것이었다.

"아까 얼핏 보긴 했지만…… 네 아공간이 그렇게 넓단 말이냐?"

"충분합니다."

거대한 군세의 병략을 구사하는 지휘관의 입장에서 군량의 보관과 운송, 즉 병참 문제는 모든 패배의 근원이자 승리의 발판이었다.

특히 그 전쟁이 장기전이라면 적의 병참의 고리를 끊어 내는 것이 최우선적인 전략이 될 수밖에 없었다.

"마법이라는 것은 정말 대단하구나."

단 한 명의 마법사가 소유한 아공간에 모든 병참을 보관할 수 있다면 그 이점이야 이루 말할 수 없을 정도로 컸다.

병참의 보관, 운송 문제에서 완벽하게 자유로워진 군대.

그것은 전쟁의 혁명 그 자체였다.

전선의 길이에 따라 다르겠지만, 통상적으로 8만의 기마 병력을 유지하기 위해서는 비전투 병력 20만 명이 필요했다.

지금 루인은 그런 20만 명에 달하는 보급 부대가 운용하는 보급선(補給線)을 홀로 담당하겠다고 나선 것이다.

비로소 한 명의 대마도사가 가지는 위력을 실감하는 카젠.

하지만 카젠의 얼굴색은 금방 변하고 있었다.

반대로 그런 대마도사가 전장에서 사라져 버린다면?

지휘관은 최악의 경우를 반드시 대비해야만 했다.

"하지만 그런 커다란 짐은 네게도 부담스러울 것이다. 병참의 절반만 가져가도록 하거라."

웃고 있는 루인.

좋게 돌려서 말하고 계셨지만 아버지는 분명 최악의 경우를 대비하고 계셨다.

한 명의 대마도사가 병참 전체를 감당하는 건 엄청난 강점으로 작용할 테지만 그 반대의 경우 보급선을 단숨에 모두 잃어버리게 되는 것.

역시 아버지는 훌륭한 지휘관이었다.

그렇게 루인이 흡족한 미소로 고개를 끄덕이며 아버지의 요청에 화답했다.

"역시 사자왕다우신 결정이십니다. 그렇게 하겠습니다."

애초에 보급 부대를 절반으로 줄여서 운용할 수 있다는 것만으로도 엄청난 것.

"그럼 이 서류는 무엇이냐?"

"제가 8년 전에 아버지께 드렸던 것과 비슷한 겁니다."

깜짝 놀라는 카젠.

하이베른가의 운영 방향에 대한 거시적인 설계와 방침.

마치 하나의 지침서와 같았던 루인의 지혜가 아니었다면 자신과 소에느는 이렇게까지 가문을 확장시킬 수 없었을 것이었다.

분명 이 서류도 루인의 치밀하고 섬세한 설계와 대비가 적혀 있을 터.

굳이 서류를 열어 확인할 필요도 없었다.

"녀석."

루인이 선 채로 입을 열었다.

"앞으로의 일이 제 계획대로 무사히 흘러가는 경우, 각국의 동향과 반응을 미리 한번 예상해 보았습니다. 참고하시어 아버지께서 적절한 전략과 방침을 세우신다면 더 바랄 것이 없습니다."

"볼 것도 없다. 보나 마나 이번에도 모든 상황이 대공자의 예상대로 톱니바퀴처럼 흘러가겠지. 무례한 놈. 언제까지 이 아비에게 자괴감을 느끼게 할 생각이냐?"

희미하게 웃고 있던 루인의 두 눈이 일순 차가워진다.

"단, 제가 남긴 방향성은 악제가 등장하는 순간 모두 의미를 잃게 됩니다."

"음……."

악제의 등장이라는 말에 얼굴이 굳는 카젠.

"악제가 등장하는 경우, 그 즉시 모든 전략을 중지하십시오. 정규군, 특히 대주와 단주급 기사들, 각 가문의 가주들, 왕실의 고위 관료들을 모조리 한 장소에 모아 정신 결계를 쳐야 합니다. 그리고 반드시 스크롤을 찢어 제게 연락을 취하셔야 합니다."

"그래도 네가 나타나지 않는다면 어떻게 해야 한단 말이냐?"

가주실의 창밖을 응시하는 루인.

"마탑의 역량만으로는 악제의 사념 침범을 막을 수가 없습니다. 아직 확실하진 않지만 드래곤들과 옴니션스 세이지의 도움을 받을 것입니다."

그런 루인의 말에도 카젠의 표정은 풀어지지 않았다.

르마델은 루인이 있어 악제를 방비할 수 있다지만, 주변의 북부 왕국들과 알칸 제국, 그리고 머나먼 서부와 남부의 무수한 왕국들은 무방비 상태나 마찬가지였던 것.

"으음…… 우리는 그렇다 쳐도 다른 왕국들은……."

"그래서 제가 지금 당장 움직여야 합니다."

"계획을 들어 볼 수 있겠느냐?"

씨익.

"군단 측에 악제가 있다면 우리에겐 성녀가 있었지요."

"성녀(聖女)……?"

"네. 그녀는 악제의 사념에 장악당한 사람을 치유할 수 있습니다. 비록 완전히 장악당하지 않은 초기에 한하지만요."

성녀 아르디아나.

그녀는 지금 알칸 제국에 망명한 하이렌시아가 있었다.

◆ ◆ ◆

"……잠깐? 내가 똑바로 들은 게 맞는가?"

"다시 듣고 싶나?"

결국 테오나츠 마탑의 현자 다인은 갑작스럽게 자신을 찾아온 루인을 향해 불같이 화를 내고 말았다.

"아, 아니! 내 사정을 뻔히 알면서도 그런 말을 한단 말인가?"

"이해해 줘. 지금 이곳에서 당신보다 알칸 제국에 대해 잘 아는 사람은 없으니까."

어이가 없다는 듯한 표정으로 굳어 버린 다인.

지금 대공자 루인은 자신에게 알칸 제국으로의 동행을 부탁하고 있었다.

이미 다인은 탐험선의 무단 반출, 직무 유기 등의 혐의로 테오나츠 마탑의 추적을 받을 것이 뻔한 입장.

마법학회의 세이지 등위는 물론 현자의 직분마저 모조리 사라졌을 터였다.

아니 애초에 알칸 황도(皇道)의 신민패부터 유효 기간이 지난 상태.

알칸 제국의 신민패는 신분 고하를 막론하고 무조건 5년마다 갱신해야 하는데 벌써 8년이나 지나 버린 것이었다.

"내, 내 신민패는 8년 전의 것이네! 검문을 당하는 즉시 신분 확인 절차에 들어갈 테고 당연히 난 구금될 것이야!"

"당신, 현자 아니야? 현혹 마법으로 검문소를 통과하는 일 따위야 쉬울 텐데."

황당한 루인의 말에 다인은 더욱 멍한 표정으로 굳어 버렸다.

"아, 아니 진심으로 하는 소린가? 닥소스가 개발한 마력

감응 장치가 모든 검문소에 배치되어 있네! 마도의 흔적을 들키는 순간, 순찰 중인 아크 메이지들이 득달같이 공간 이동을 해 올 텐데 어찌 그런 실없는 소리를 늘어놓는 건가!"

"모르겠고. 어차피 당신에게 선택할 권한 따윈 없어."

냉랭한 얼굴로 돌아서는 루인의 어깨를 다급하게 잡는 다인.

"아, 알칸 제국에서 뭘 할 생각인가? 말해 보게! 그래야 나도 무슨 대비라도 할 것이 아닌가!"

"뎀므를 만날 거다."

뎀므 아조스.

다인이 속한 마도 명가 아조스가(家)의 또 다른 천재.

최후의 현자 유클레아의 강력한 경쟁자이자 악제의 강림 초기에 전사했던 불운한 마법사.

그는 마장기를 파훼하는 마법을 연구했다는 빌미로 반역 혐의가 씌워져 알칸 제국의 황도 지하에 수감되어 있는 요주의 인물이었다.

"……뎀므를? 그를 왜?"

"그를 만나고 싶으니까."

물론 단순히 보고 싶다는 이유가 전부는 아니었다.

마장기의 파훼법.

뎀므의 연구가 어느 정도까지 완성되어 있는지는 알 수 없었다.

하지만 루인은 그를 잘 안다.

누구보다도 치밀하고 끈질긴 마법사.

그가 연구한 술식을 확보하여 역연산 연구를 할 수만 있다면 안티 매직 와이엄을 막을 수 있는 열쇠가 생길지도 모르는 일이었다.

물론 루인은 가변세계에서 만난 초월 마법사, 아그네스와의 재회를 기대하고 있었다.

그가 예상하고 있는 악제의 안티 매직 와이엄은 '무한 섭식 이면창조물'의 열화판.

그 예상이 적중한다면 언제고 아그네스가 안티 매직 와이엄을 막을 방법을 찾아내겠지만 그렇다고 그만 믿고 있을 수는 없는 일이었다.

"그가 있는 곳은 황도의 지하 감옥이네! 그 삼엄한 방비를 어찌 뚫을 요량인가!"

"잘."

인류가 지닌 최강의 패, 마장기를 살리는 일.

뎀므의 파훼식에 안티 매직 와이엄을 막을 단서가 있다면 반드시 그를 만나야만 했다.

"여건만 된다면 유클레아도 만나 보고 싶고."

"……유클레아?"

온갖 복잡한 감정으로 얼룩져 가는 다인의 두 눈.

현자 다인이 무리를 해서라도 가변세계를 찾았던 이유가 바로 그, 제자 유클레아 때문이었다.

"내 제자를 그대가 어찌 찾는단 말인가?"

"그 역시 보고 싶으니까."

"……."

더 이상 사고가 이어지지 않을 정도로 멍해져 있는 다인의 귓가에, 마치 선언과도 같은 루인의 목소리가 날아들었다.

"그리고 닥소스가에 갈 거다."

"다, 닥소스……?"

진(Jin) 가문과 더불어 알칸 제국을 지탱하는 거대한 마도 명가.

인류 최초로 마장기를 창조해 낸 닥소스가의 위상은 황실과도 맞먹는다.

테오나츠 마탑을 실질적으로 장악하고 그들에게 직접 찾아간다는 것.

다인의 입장에서는 제 발로 늑대의 아가리 속으로 걸어 들어가는 짓이나 다름없었다.

"대, 대체 왜 그런 짓을?"

"배신자들이 그곳에 있으니까."

비로소 다인은 르마넬을 버리고 닥소스가의 봉신가에 투신한 하이렌시아가를 떠올렸다.

한데 찾아서 뭐 어쩔 생각인가?

무슨 제국의 황도 한복판에서 그들을 징치(懲治)라도 하겠다는 말인가?

르마델 왕국의 준엄한 왕법을 집행하기에 그곳은 너무나도 위험천만한 곳이었다.

"다, 다른 건 몰라도 닥소스가는 안 되네! 그곳은 차원이 달라! 너무 무모하네!"

알칸 제국의 마장기, 그에 관한 모든 비밀을 지키고 있는 닥소스가다.

그 말인즉, 제국 내 최고의 보안 등급을 지닌 장소라는 뜻.

닥소스가 전체를 에워싸고 있는 삼엄한 마법 트랩과 수호 기사들을 뚫는다는 건 그 어떤 현자라고 해도 불가능한 일이었다.

아무리 루인이 초월 마법사라고 해도 한 인간이 제국의 모든 역량과 맞설 수는 없었다.

그때.

〈절 부르셨어요?〉

점차 다가오는 루이즈의 기운이 어딘가 모르게 달라져 있었다.

왠지 그 옛날의 적요(寂寥)하는 마법사를 다시 보는 기분.

그녀가 환영의 군주 기메아스의 가르침을 꽤 열성적으로 받아들이고 있음을 루인은 한눈에 알 수 있었다.

급격하게 영안(影眼)을 깨우쳐 가는 그녀의 마도는 더 이상 발전 속도를 논하는 것이 무의미한 지경.

루인이 기분 좋게 웃으며 그런 루이즈를 맞이했다.

"어서 와."

선명하게 느껴지는 화려한 불꽃의 향연.

강렬하게 타오르는 일곱 개의 고리, 그녀의 새로운 마나 하트를 초월자의 감각이 놓칠 리가 없었다.

"보기 좋아. 마침내 벽을 돌파했군."

6위계에서 7위계 사이의 간극은 1위계부터 6위계까지를 모두 합한 난이도보다도 높다.

7위계를 정복한 마법사란 현자라 불리는 마도사의 경지를 사실상 예약한 셈.

루이즈가 깜짝 놀란 표정을 했다.

〈루인 님도 그림자를 보나요?〉

그저 마력을 훑는 것만으로도 상대방의 고리를 파악한다는 건 그림자를 보는 영안이 없다면 불가능한 일이었다.

"비슷하지만 네 방식은 아니야."

초월자를 깨우치며 얻은 새로운 차원의 권능, 강화 감각권.

흡족하게 웃고 있던 루인이 다시 다인을 물끄러미 쳐다보고 있었다.

"루이즈가 함께 갈 거다. 그녀는 영안의 마법사. 내 감각권으로도 감지할 수 없는 것들을 볼 수 있는 마법사지."

"영안(影眼)? 그게 무엇인가?"

대마도사로 군림하던 루인조차 그 존재를 몰랐던 능력이었다.

아무리 테오나츠의 현자라고 해도 그림자를 느끼는 루이즈의 권능이란 생소한 것.

"알다시피 마법사의 마력권이란 마력을 감지할 수 있는 범위를 뜻하지."

초급 마법사의 감각권은 통칭 마력권(魔力圈)이라 불린다.

간섭 범위가 국소로 한정되고 디스펠 구역도 제한적이기 때문.

하지만 점차 마법사의 경지가 높아져, 그 마력권의 범위가 시야를 벗어나게 되면 '감각권'이라고 높여 부르게 된다.

"거기에 나는 초월자를 깨달으면서 온도와 습도, 물리적인 형상과 형질까지 구분할 수 있게 됐다. 물론 그 범위도 수천 배나 늘어났지."

다인은 루인의 질리도록 넓은 감각권을 이미 하이베른가로 공간 이동을 해 오며 뼈저리게 경험한 바 있었다.

하지만 그 광활한 감각권이 열(熱)과 습도, 물리적인 특성까지 감지할 수 있다는 설명은 마치 농담처럼 들릴 뿐이었다.

"그것이 진짜란 말인가?"

희미하게 웃으며 설명을 이어 가는 루인.

"하지만 그런 내 감각권조차 이 루이즈의 영안에 비하면 아무것도 아니야. 루이즈는 삼라만상의 그림자를 읽는다. 자연의 결, 내재된 속성, 심지어 사람의 마음, 그리고 죽은 자의 영혼과 사념체를 느낀다."

"……이, 인간의 마음을 읽는다니?"

한 마법사가 정신적으로 아무리 초월적인 경지에 다다른다고 해도 그런 건 정말 말도 안 되는 일이었다.

사람의 마음을 느끼고 읽는 것이 가능한 그런 존재란 차라리 신이라 불려야 마땅할 것이었다.

〈마음을 완벽하게 읽을 수는 없어요. 사랑, 기꺼움, 의심, 불안, 공포…… 그런 간헐적인 감정의 파편들을 그저 느끼는 수준에 불과해요.〉

희미하게 미소 짓고 있는 루인과 무표정한 루이즈를 번갈아 바라보는 다인.

아무리 감정을 느끼는 수준에 불과하다고 해도 그건 진실로 엄청난 것이었다.

상대방의 감정 상태를 알아내는 능력만으로도 첩보 활동의 동선 자체가 달라질 테니까.

"그럼 이 생도와 함께 알칸 제국으로 가는 것인가?"

"그래. 이제 불안을 떨칠 수 있겠나?"

"흐음……."

그럼에도 다인은 여전히 내키지 않는다는 표정이었다.

하지만 루인은 반드시 다인을 데려가야 했다.

자신이 알고 있는 각국의 정보들은 모두 10여 년 후의 정보였으니까.

전생.

이 시기의 자신은 여전히 병상에 누워 있기만 했을 뿐이었다.

"시르하는 좀 어때?"

갑작스러운 루인의 질문.

잠시 말을 망설이던 루이즈가 이제 눈을 반짝였다.

〈저…… 제가 지금 루인 님과 어디로 떠나게 되나요?〉

"알칸 제국."

〈아…….〉

그 순간 루이즈의 표정에 복잡한 상념이 얽혔다.

시르하와 있는 것도 좋았지만 루인과 함께하고 싶은 마음도 컸기 때문이었다.

〈그와 함께 가면 안 될까요?〉

"시르하?"

〈네.〉

시르하와 만난 지도 얼마 되지 않은 그녀가 이렇게까지 말한다는 건 루인에게도 의외의 상황.

그러나 루인은 이내 웃을 수밖에 없었다.

하늘의 연이라는 것은 역시 존재한다.

시르하와 루이즈의 처절하고도 안타까운 사랑을 전생에서 모두 지켜본 루인.

어쩌면 지금 루이즈의 반응은 당연한 걸지도 몰랐다.

'시르하……'

아직 어린 수인처럼 순수한 시르하.

세상에 나가기엔 확실히 이른 시점이었다.

하지만 루인은 망설이지 않았다.

각종 사고로 가문의 독방에 매번 갇히는 것보다야 루이즈와 유대를 맺는 것이 훨씬 좋을 거라 판단했기 때문.

더욱이 이제는 그를 늑대 일족으로부터 지켜 낼 수 있는 힘까지 생겼다.

늑대 일족이 아니라 수인 종족 전체가 시르하에게 덤벼든다고 해도 루인의 초월 마도는 너끈히 그들을 제압할 수 있었다.

"좋아. 시르하와 함께 가자."

〈정말요?〉

환하게 웃고 있는 루이즈.

이내 루인의 수인이 허공에 맺힌다.

호수가의 공터 바닥에 천천히 드러나는 공간 이동진.

"여기서 준비하고 있겠다. 시르하를 데려와."

〈네!〉

현자 다인이 극도로 당황해했다.

"지금 당장? 아니 그것보다 고, 공간 이동으로 가겠다는 것인가?"

루인이 가타부타 설명도 없이 다시 허공에 수인을 수놓았다.

그런 그의 전면으로 광활한 좌표계가 단숨에 드러났다.

어지럽게 얽혀 있는 좌표계 속에는 새빨간 점들이 가득 박혀 있었다.

"마법 트랩을 걱정하는 거라면 이미 모두 파악했다. 내게 알칸 제국의 결계는 이제 무의미해."

"대체 어떻게……?"

저 마법 트랩들은 중립 지대도 아닌 모두 알칸 제국의 영토 내부에 있었다.

그 방대한 영토 곳곳에 숨어 있는 마법 트랩들을 모두 조사했다니?

그만큼 다인은 극도로 놀라고 있었다.

이미 저만한 조사가 이뤄졌다면 르마넬이 운용하는 첩자들의 규모는 상상을 불허할 것이기 때문.

"……국력에 비해 정말 대단한 첩보 능력이군."

"그건 또 무슨 소리야?"

"음?"

쏴아아아아아-

기이한 소음을 내며 급격하게 확장하기 시작하는 초월자의 마력 파동.

"이건 내 감각권으로 파악한 결과다. 이게 첩보 활동으로 얻은 정보보다 훨씬 정확하지."

그렇게 다인이 떠억 하고 입을 벌리고 있을 때.

콰아아아아아앙-

저 멀리 유폐지의 정원에서 거대한 굉음이 울려 퍼지고 있었다.

◆ ◈ ◆

호위 기사들을 이끌고 황급히 유폐지의 호수 정원으로 뛰어온 데인.

"형님! 이게 다 무슨 일입니까?"

"나도 방금 왔다."

"아!"

자욱한 먼지.

유폐지 전체에 드리워져 있는 거대한 기운의 정체는 놀랍게도 검성 월켄의 투기였다.

루인이 8년 만에 귀환했던 당시의 월켄도 놀라울 정도로 강해진 상태였지만 지금은 그때와 비교조차 할 수 없는 강대한 기운.

무엇보다 당황스러운 것은 투기의 성질 그 자체다.

이건 촘촘하고 치밀하던 검성 특유의 단단한 투기가 아니었다.

세상을 집어삼킬 것만 같은 처절한 혼돈(混沌).

흡사 가변세계에서의 패왕 바스더를 다시 보는 것만 같았다.

그때 들려오는 유쾌한 웃음소리.

"크하하하하하! 과연 천부적이다! 너는 마치 하늘이 마지막에 이 패왕에게 내려 준 운명인 것만 같구나!"

자욱한 먼지가 모두 걷히자 검을 들고 있는 검성과 그를 흐뭇하게 쳐다보고 있는 바스더가 드러났다.

그들의 전면에는 끝도 보이지 않을 정도로 시커멓게 팬 공간이 드러나 있었다.

그 심연 같은 구덩이를 본 순간 루인은 확신했다.

저 월켄이 패왕 바스더의 검을 고스란히 이어받았다는 것
을.

'이게 가능한가……?'

한 사람의 검을 온전히 이어받는 일은 수십 년, 아니 평생
을 고련 속에서 보낸다 해도 쉽지 않은 것.

아무리 동일한 계열의 검술을 익힌 선조의 검이라지만 도
무지 상식 밖의 발전 속도였다.

더욱이 초인인 상태로 초월자의 검을 비슷하게나마 흉내
낼 수 있을 정도라면?

어쩌면 가까운 미래에 저 월켄이 초월자가 될지도 모르는
일이었다.

"어떻게 된 거지?"

바스더가 루인을 쳐다보며 득의양양하게 웃었다.

"마치 어린 날의 이 패왕을 보는 것만 같은 녀석이다. 이만
한 아이는 내 시대에서도 본 적이 없다. 실로 대단한 검재(劍
才)다."

루인이 궁금한 것은 바스더의 감상 따위가 아니었다.

오직 걱정스러운 것은 월켄의 상태.

한 사람의 검사가 평생을 익혀 온 검술을 버리고 전혀 다른
형식의 검술을 익히는 일은 결코 쉬운 선택이 아니었다. 무엇
보다 시간이 너무 빨랐다.

"월켄, 괜찮겠어?"

차분하게 자신의 검을 바라보고 있던 월켄이 루인을 향해 시선을 옮기며 담담하게 웃었다.

"어지럽지만 이 정도는 괜찮다."

난폭하게 날뛰고 있는 기운, 마치 진정한 혼돈처럼 느껴지는 월켄의 새로운 투기는 무척 이질적이었다.

"기존의 너와는 전혀 다른 사람처럼 느껴진다. 투기의 성질을 바꾸는 일인데 정말 괜찮겠어? 지금은 괜찮을지 몰라도 분명 후유증이 제법—"

피식.

"너도 그러고 있는데 이 월켄이 놓고 있을 수만은 없지."

검성(劍聖).

마지막까지 대마도사를 지탱해 주던 영웅.

월켄은 대마도사 루인이 어떤 대가와 희생을 치르고 과거로 오게 됐는지, 어떤 이들의 염원을 받들며 살고 있는지 자세히는 알지 못했다.

하지만 그와 함께 가변세계를 다녀온 동료들의 눈빛과 표정만으로도 알 수 있었다.

적어도 그는 모두에게 믿음을 주는 존재라는 것을.

월켄은 그런 루인에게 뒤처지고 싶지 않았다.

저 과거의 대마도사는 지금의 자신이 아닌 검성을 믿고 있었다.

이제는 그로 하여금 지금의 자신을 믿게 만들어야 했다.

가슴이 저릿해진 루인.

그의 미소를 바라보고 있는 것만으로도, 그런 그의 마음이 고스란히 느껴진다.

역시 그는 검성, 대마도사의 친구다웠다.

대마도사도 함께 웃었다.

"발목이나 잡지 마라."

괴이쩍은 웃음을 서로를 향해 흩날리는 그들을 당황스러운 심정으로 쳐다보고 있는 데인.

가벼운 농담이나 주고받고 있는 것 같았지만 그 속에는 뭔가 알 수 없는 유대감이 느껴졌다.

데인도 함께 실소를 머금었다.

"이제야말로 다 따라잡았다고 생각했는데…… 다시 멀어지셨군요."

한껏 여유로워진 검성이 더욱 차갑게 웃었다.

"천 년은 이르다. 꼬마."

"하……."

이글거리는 눈, 가까스로 호승심을 삭이고 있는 데인.

루인이 그의 머리칼을 거칠게 흩트리며 호탕하게 웃었다.

"하하! 별 볼 일 없는 녀석에게 그렇게 화낼 필요 없다. 사자왕의 피를 이은 네가 촌구석 산속에서 익힌 검 따위를 두려워해서야 되겠느냐?"

"뭣!"

그러나 데인은 형님에게 예를 보이면서도 웃지는 않았다.

표현이 적절하고 말고를 떠나서, 월켄의 검이 한낱 촌구석의 검 따위가 아니라는 것을 누구보다 잘 알고 있었기 때문.

저 월켄 형님이야말로 진정한 검의 천재였다.

하이베른이라는 거대한 검가에는 검술을 익히는 데 필요한 모든 좋은 환경이 갖춰져 있었다.

그 모든 환경을 타고난 자신과는 달리, 월켄에게는 알칸 제국의 추적자를 피해 끝없이 도망치던 작은 노인만 있었을 뿐이었다.

"크하하하! 이젠 아니지! 마침내 이놈은 날 만났지 않느냐! 이 패왕을 만난 것은 가문을 타고난 네놈들보다 훨씬 대단한 복일 것이다!"

루인은 굳이 그의 말을 부정하지 않았다.

실제로 틀린 말은 아니었기 때문.

검성의 발전 속도는 가히 상식을 파괴하는 수준이었다.

이대로라면 몇 년 이내에 전성기 수준의 검성을 다시 보게 될 터였다.

루이즈도 그렇고 이 검성도 그렇고 과연 인류의 영웅 출신들다웠다.

"아니죠. 제게도 형님이 있습니다."

데인의 두 동공에는 확고한 신뢰가 담겨 있었다.

이 세상에서 자신이 경험한 가장 거대한 인물.

시간이라는 하늘이 정한 섭리를 부수면서까지 자신의 운명을 개척해 온 자.

끝을 알 수 없는 지혜를 가진 현인이자 세상의 모든 비밀에 통달한 마법사.

힘만 센 괴물에 불과했던 패왕과는 비교가 무의미한 위대한 인간.

자신의 형, 루인은 이 세상에 유일무이(唯一無二)한 존재였다.

그런 확고한 신뢰의 눈으로 자신을 바라보고 있는 데인.

루인은 복잡한 심경에 휩싸였다.

진심으로 동생의 성장을 바랐지만 정작 마법사인 자신은 큰 도움이 되지 못함을 알고 있었기 때문.

안타깝게도 자신의 또 다른 기반인 혈주투계 역시 마계에 그 근원을 두고 있는 무투술이었다.

물론 선조 사홀이 남긴 검술을 받아들이긴 했지만 아직은 희미하게 영혼에 아로새겨진 파편 같은 깨달음일 뿐이었다.

그렇게 루인은 여느 때보다도 사홀의 검술에 대한 연구의 필요성을 느끼고 있었다.

그때 루이즈가 시르하를 데리고 나타났다.

< 오빠를 데려왔어요. >

시르하를 향한 그녀의 호칭이 달라져 있었다.

희미하게 웃고 있던 루인이 데인을 불러 세웠다.

"당분간 이곳은 보수하지 말고 내버려 두도록 해라. 어차피 저 녀석이 검술을 익힐 동안에는 엉망일 것 같으니."

"……지금 가시는 겁니까?"

"그래. 그리고 본 가의 대공자는 지금 이대로 변함없이 유지한다. 알겠느냐?"

"하지만 그 문제는 이미 아버지와 고모가……."

루인이 가변세계에서 돌아오자 카젠과 소에느는 즉시 대회의를 소집하여 대공자의 복귀 문제에 대해 논하고 있었다.

"당사자가 하지 않겠다는데 뭐 어쩌겠느냐? 그리고 그만하면 충분하다."

루인은 이미 데인이 대공자로서 결재한 모든 서류에 대한 검토를 끝마친 상태.

전부 눈에 찬다고는 할 수 없겠지만 그래도 충분히 기대 이상이었다.

오히려 어떤 면에선 아버지보다 나은 점도 많았다.

다만 문제가 있다면 고모 소에느와의 갈등.

"고모와 잘 지내도록 해라. 그만한 세월이면 용서는 아니더라도 잊는 것은 가능할 것이다."

"형님……."

표정은 차갑고 말투 역시 딱딱했지만 형님의 저 눈이 말하고 있었다.

동생을 향한 무한한 애정.

그리고 어느새 자리 잡은 신뢰.

데인은 그런 형님의 믿음에 보답하고 싶었다.

"실망시키지 않겠습니다."

"좋다."

주위에서 쭈뼛거리고 서 있던 시르하가 입을 열었다.

"날 꺼내 준 건 고마운데…… 어디로 데려가려는 거야?"

"알칸 제국."

그런 루인의 짧은 대답에 시르하는 크게 놀랐다.

"거, 거긴!"

알칸 제국으로 가려면 반드시 파노아 숲을 지나야 했다.

그리고 그 파노아 숲은 늑대 일족의 가장 가까운 동맹인 곰의 일족이 살고 있는 터전이었다.

수인족 내에서도 늑대 일족과 더불어 최강이라고 알려진 곰의 일족.

이미 자신이 일족의 도망자라는 건 수인들의 세계에 널리 알려진 상황.

그 무시무시한 수인들을 떠올리니 시르하는 벌써부터 두려움이 치밀어 올랐다.

"걱정할 것 없다."

하지만 치밀하고 끈질긴 수인족의 추적을 오랜 기간 경험한 시르하.

"그렇게 간단하게 말하지 마. 수인족의 추적은 정말 끔찍한 거니까."

후각이 극도로 발달해 있는 수인족은 원래가 모두 사냥꾼들이었다.

당연히 인간들의 추적술과는 차원이 달랐다.

⟨시르하 오빠는 아직 몰라서 그래요.⟩

루인은 굳이 설명하기보단 행동으로 화답했다.

지이이이이잉—

유폐지 주변의 바닥에 예의 환상적인 빛살이 일렁인다.

루이즈가 배시시 웃으며 공간 이동진에 올라탔다.

⟨오빠, 여기에 오르세요.⟩

공간 이동진을 처음 보는 시르하로서는 경계할 수밖에 없었다.

"……그게 뭐야?"

⟨마법이에요. 우릴 알칸 제국으로 순식간에 이동하게

만들어 주는 신비한 힘이죠. >

　루인도 멍하게 굳어 있던 시르하를 지나치며 공간 이동진에 올랐다.

　"언제까지 그러고 있을 거야?"

　"저, 정말 그런 게 가능하다고?"

　바람의 대행자, 질풍의 시르하의 어린 시절을 보는 건 언제나 즐겁다.

　그렇게 루인이 멍한 표정의 시르하에게 웃으며 손을 내밀고 있을 때 검성의 굵직한 목소리가 들려왔다.

　그의 표정이 조금은 굳어 있었다.

　"또 어딜 가려는 거지?"

　"할 일이 있다."

　르마델의 대공자가 알칸 제국에서 활보한다는 건 사실상 자살행위에 가까웠다.

　그 악제란 놈을 상대하기 위해 또다시 세상과 맞서 싸우려는 것이다.

　한데 이번에는 그 혼자가 아니었다.

　윌켄은 루이즈와 시르하를 찬찬히 바라보다가 다시 루인을 향해 입을 열었다.

　"이번엔 나도 간다. 루인."

　"뭐?"

검성에겐 아직 이곳에 남아 있을 이유가 있었다.

패왕 바스더에게 검술을 배운 지 이제 겨우 보름밖에 지나지 않은 상황.

이대로 패왕에게 몇 년만 검술을 더 배운다면 그는 반드시 초인의 끝자락을 돌파하고 초월자의 영역을 넘볼 수 있을 것이었다.

"나보다 약한 녀석들도 너를 도와 세상을 구하는 일에 힘을 보태고 있는데, 언제까지 이곳에 틀어박혀 검만 익히란 말이냐?"

순간 거칠게 구겨지는 시르하의 얼굴.

"뭐라고? 다시 말해 봐!"

넘치는 투기를 제어하지 못하고 폭주하려는 시르하.

그런 시르하의 목덜미를 루이즈가 은근히 잡고 있었다.

〈남자가 마구잡이로 화를 낸다면 그건 짐승에 불과하다고 제가 몇 번을 말했죠?〉

"아, 아니 그래도 이건 모욕이잖아!"

〈또다시 짐승으로 돌아가고 싶은 거예요? 늑대 일족이 그렇게 좋으면 다시 돌아가든가.〉

그렇게 루이즈와 시르하가 실랑이를 벌이고 있을 때 진중한 루인의 음성이 울려 퍼졌다.

"패왕을 만난 건 네게 천금 같은 기회다 월켄."

"시끄럽다. 출발하기나 해라."

검성 월켄이 저 특유의 고집스런 표정으로 이렇게까지 진지하게 나온다면 사실 말릴 길이 없었다.

결국 나직이 한숨을 쉬던 루인은 염동력을 일으켜 먼저 호출 마법을 활성화했다.

이내 희뿌연 빛살과 함께 나타난 현자 다인.

"후우……."

만감이 교차하는 심정으로 서 있던 다인까지 공간 이동진에 올랐을 때.

츠츠츠츠츠츠-

기이한 공명음이 사방으로 휘몰아쳤고.

그렇게 모두가 희뿌연 빛살에 휘감기기 직전.

루인은 데인을 향해 여느 때보다 활짝 웃어 주었다.

〈늘 건강하거라. 데인. 〉

Chapter. 85

600만의 인구를 자랑하는 대륙 최대 규모의 대도시이자 대 알칸 제국의 수도 황성.

르마넬의 수도, 나이트 캐슬(Knight Castle)과는 비교조차 할 수 없는 광경.

그 엄청난 규모에 루이즈와 시르하는 입을 다물지 못했다.

대륙의 패자, 제국의 심장답게 라 알칸의 전경은 보는 이로 하여금 압도적인 느낌을 자아내고 있었다.

〈……저게 다 뭐죠?〉

루이즈의 시선이 향해 있는 곳은 성곽의 첨탑 곳곳에 배치되어 있는 뾰족한 포신들.

"알칸 제국의 위성국인 게드리아 왕국의 마력포다. 마장기의 마력광선휘광포도 그들에 의해 발명됐지."

하지만 이상했다.

당장이라도 불을 뿜을 법한 무시무시한 마력포들이 죄다 성의 내부를 조준하고 있었기 때문.

제국을 지키기 위해 설치된 것이라면 오히려 성의 바깥, 외부를 조준하고 있는 것이 정상일 터였다.

루인이 웃으며 수없이 도열해 있는 마력포들을 바라보고 있었다.

"알칸은 신정일치(神政一致)의 국가. 저들의 황제는 황제이자 동시에 신이다. 그래서 알칸의 백성들은 신을 따르는 민족, 신민이라 불린다."

〈아, 그래서…….〉

무시무시한 마력포들이 황성의 내부를 조준하고 있는 이유를 조금은 알 것 같은 루이즈.

"그래. 감히 알칸 제국의 수도를 침범하려는 국가는 지금의 구도에서는 사실상 없다고 봐야 한다. 저들에겐 그런 외부의 침입보다 오히려 내부 단속이 더욱 중요하지. 힘에 의한 강력한

통제, 내부의 불만을 억누르는 데에는 공포가 가장 효과적인
수단이거든."

〈너무 잔혹하네요.〉

본인의 나라에 대해 이러쿵저러쿵 떠드는 게 마음에 들지
않았는지, 다인이 심기가 불편한 얼굴로 입을 열었다.

"강력한 결속과 이를 떠받드는 법치. 그것이 문명 이래 생
겨난 모든 국가가 선택한 정치 논리네. 특히 우리 알칸처럼
다양한 부족과 왕국의 연맹체로 출발한 국가라면 강력한 통
제가 필수불가결한 선택이란 말일세."

"결속이라는 포장지를 한 꺼풀 벗기고 나면 그곳엔 권력
의 독점이란 괴물이 존재하지. 특히 같은 인간이면서 신을
자처하는 괴물 말이야."

"무, 무엄하도다! 감히 제국의 신성을 모해(謀害)하다니!"

"아렐네우스 황제가 당신 할아비라도 되나?"

"끄어어어억!"

루인은 뒷목을 잡고 비틀거리고 있는 다인을 한심하다는
듯이 바라보고 있었다.

"세뇌가 이렇게나 무서운 거야. 테오나츠 마탑의 현인(賢人)
이라는 자가 같은 인간을 향해 신성 모독을 운운할 지경까지
온 거다. 그놈이 아니었더라도 언젠가 반드시 망했을 국가야."

"그 입 닥치게!"

"어디 한번 닥치게 만들어 봐. 지금이라도 당장 소리쳐 보고 싶군. 테오나츠 마탑의 현자 다인이 지금 이곳에 있다고."

"이이익!"

그래도 다인은 최고의 마탑이라는 테오나츠에서 현자의 칭호까지 획득한 인물.

확실히 루인의 행동은 너무한 감이 있었다.

하지만 루이즈와 윌켄은 굳이 참견하지 않고 있었다.

루인이 아무런 이유도 없이 그럴 사람이 아니라는 걸 잘 알고 있기 때문이었다.

"자 이제 렌시아 놈들을 어떻게 하면 만날 수 있는지부터 말해 봐."

"……"

찢어 죽일 듯한 눈빛으로 겨우 화를 삭이고 있던 다인의 얼굴이 이내 창백해진다.

이놈은 정말 지금 이대로 그 무시무시한 닥소스가를 쳐들어갈 생각인 건가?

"바, 방문하는 즉시 우리 신원부터 조사할 것이 분명하네. 더욱이 제국 최고의 마도 명가 닥소스가. 현혹 마법이나 시야 교란 마법 따위의 조잡한 수단으로는 그들의 눈을 속이기란 불가능에 가깝네. 몰래 들어갈 방법 따윈 애초에 존재하지—"

"그래서? 다 부숴 버릴까? 정말 그걸 원해?"

루인은 다름 아닌 초월 마법사.

제국의 수도 한복판에서 날뛰는 초월자란 정말이지 상상도 할 수 없었다.

물론 초월자의 권능을 제대로 구사하는 모습을 본 적은 없었다.

그러나 손짓 몇 번으로 웨자일에서 대륙의 최북단 르마델까지 단숨에 공간 이동을 해 버리는 미친 자.

그런 비상식적인 마도를 경험한 이상 군이 보지 않아도 알 수 있었다.

이자야말로 알칸이 유사 이래 경험한 그 어떤 재앙과도 비교할 수 없는 재해(災害)가 될 거라는 것을.

하이베른가의 대공자는 그런 위험한 존재였다.

결국 다인은 필사적으로 머리를 쥐어짜 낼 수밖에 없었다.

"······닥소스가를 자유롭게 드나들 수 있는 유일한 자들은 게드리아 왕국의 마도학자들일세."

"음. 역시 그렇겠군."

게드리아 왕국.

그들은 형식적으로는 알칸 제국의 동맹국이지만 모든 경제가 알칸 제국에 종속된 사실상의 위성 국가다.

그러나 그들은 한 가지만은 철저하게 지키고 있었다.

마력광선휘광포의 핵심 원천 기술.

통상적으로 게드리아 왕국이 만들어 내는 마력포는 일반적인 마력포에 비해 2배 이상 강력하다고 알려져 있었다.

그것이 바로 알칸 제국의 마장기들이 강력한 이유.

그렇게 게드리아 왕국은 극대 마력으로 출력을 끌어올리는 원천 기술을 알칸 제국의 위세 속에서도 끝까지 지켜 내고 있었다.

쓸모가 다한 국가들을 알칸 제국이 어떻게 취급하는지를 이미 그들은 역사를 통해 빠짐없이 지켜본 것이다.

"닥소스가에 파견되는 게드리아의 마도학자들이 매번 바뀌는 건가?"

"그렇다네."

묵묵히 고개를 끄덕이는 루인.

충분히 유추할 수 있는 상황이었다.

정해진 인물만 계속 보낸다면 제국의 달콤한 제안에 회유될 가능성이 매우 높을 터.

당연히 게드리아 왕국으로서는 철저하게 마도학자들을 순환 파견하며 핵심 기술을 통제하고 있을 것이다.

"때론 마도학자들을 파견하지 않고 하인을 통해 참고 도해만 보내는 경우도 허다하다고 들었네."

과연 제법 그럴싸한 상황이 그려진다.

그렇게 게드리아 왕국에서 오는 인물이 매번 바뀌는 상황이라면 자신의 임기응변이 통할 가능성이 있었다.

아직 남부 방벽이 완성되지 않은 상황.

게드리아의 마도학자로 위장하는 것은 위험 부담을 줄이고 동선의 노출을 최소화할 수 있는 충분한 방편이 되어 줄 것이다.

하지만 루인은 동료들을 돌아보고는 얼굴을 굳혔다.

"이 녀석들은 마법사 흉내를 낼 수가 없다."

자신과 루이즈는 상관없겠지만 윌켄과 시르하는 마도에 대한 지식이 아예 전무했다.

분명 닥소스가의 마법사들은 간단한 대화만으로도 저 녀석들이 마법사가 아니라는 것을 곧바로 알아챌 수 있을 것이다.

"음? 자네 혼자 가는 게 아니었나?"

"함께 가야 한다."

윌켄은 알칸 제국이 극도로 경계하는 패왕의 후예.

무력을 드러낼 상황이 생긴다면 그의 정체는 금방 탄로 날 수밖에 없었다.

게다가 시르하 역시 수인족의 추적을 받고 있는 상황이 아닌가?

특히 시르하를 납치했던 겐젤리오는 분명 라 알칸에서 접선하기로 했었다.

그 말인즉 시르하를 납치하려던 인물이나 세력이 이 라 알칸에 암약하고 있다는 뜻.

이 모든 일들을 알고 있는 이상 루인은 절대로 월켄과 시르하를 자신에게서 떨어뜨려 놓을 생각이 없었다.

자신과의 관계는 차치하고서라도 이 녀석들은 인류의 미래에 반드시 필요한 영웅들.

"굳이 네 일에 위험 부담을 안겨 주긴 싫다. 가까운 여관에서 지내고 있으면—"

"안 돼."

월켄의 말을 단숨에 잘라 버린 루인이 다시 다인을 쳐다봤다.

"어차피 투기를 숨길 수 없다면 호위 기사로 위장하면 되지 않나?"

그런 루인의 질문에 다인은 모호한 답변을 내놨다.

"게드리아의 마도학자들이 호위 기사를 데리고 다니는지는 나도 모르겠네."

"모른다고?"

어쩌면 지금의 자신에게 가장 중요한 정보였는데 흡족한 대답을 듣지 못하게 되자 루인이 가득 인상을 찌푸렸다.

"테오나츠의 현자라더니 실상 별거 없군."

"현자라고 해서 제국에서 일어나는 모든 일에 대해 세세하게 알고 있진 않네!"

잠시 고민하던 루인이 이내 동료들을 돌아봤다.

"닥소스가에 도착하면 최대한 입을 닫아. 누가 뭔가를 물어봐도 눈으로 답하거나 고개를 끄덕이는 정도로 그쳐. 특히 너."

루인의 진득한 눈빛이 자신에게 향하자 시르하는 의문스럽게 되물었다.

"왜 그래야 해?"

"너는 게드리아식 사투리도 모르잖아."

시르하는 특유의 북부식 억양도 문제였지만 기본적으로 공용어 자체가 서툰 편이었다.

구강구조가 인간들과는 조금 다른 수인들.

그들이 구사하는 어눌한 공용어에 익숙해지다 보니 자신도 모르게 그들과 닮아 버린 것이었다.

"뭐, 내키진 않지만 일단 알겠어."

"확실하게!"

"아! 알았다구!"

이내 월켄을 바라보는 루인.

"그렇게 하지."

알칸 제국의 공용어를 완벽하게 구사할 수 있는 월켄이지만 그는 굳이 루인의 요구에 토를 달지 않고 있었다.

"루이즈. 최대한 그들의 마음을 읽어 줘. 할 수 있겠지?"

〈최선을 다하겠어요!〉

그제야 흡족하게 웃음을 보이던 루인이 다시 다인을 바라보며 눈을 빛냈다.

"자, 이제 남은 건 닥소스가에 드나드는 마도학자들의 일정인데…… 그건 어디서 알아낼 수 있지?"

"그건 내가 알고 있네. 매월 초일일세."

날짜를 가늠하던 루인이 이내 당황한 표정을 했다.

"뭐야? 오늘이잖아?"

급하게 숨을 몰아쉬며 다인에게 재촉하는 루인.

"게드리아 왕국의 마도학자들은 지금 어디에 있지?"

"그들도 마법사네. 라 알칸에 입성한 마법사라면 모든 일정에 앞서 테오나츠 마탑에 하례부터 하지."

"일단 그놈들부터 쫓는다! 앞장서!"

"아, 알겠네."

제국 최강의 마도 가문, 닥소스.

진 가문과 더불어 알칸 제국을 지탱하는 또 하나의 기둥.

무수한 황후를 배출해 낸 사실상의 황가(皇家).

진 가문을 제외한다면 그 어떤 가문도 감히 닥소스가의 아성에 도전할 수 없었다.

루인 일행은 지금 그런 닥소스가의 입구에 서 있었다.

"또 사람을 바꾼다는 말은 없었소만?"

깐깐한 중년 마법사를 맞닥뜨린 루인은 보기 좋게 넉살을 떨었다.

"하하, 다 지혜로우신 본국의 현자들께서 결정하시는 일입니다. 송구하지만 제가 드릴 말씀은 더 이상 없습니다."

분명 몸을 숙여서 겸손은 떨고 있었지만 게드리아인 특유의 도도함은 여전했다.

비록 방계지만 닥소스가의 외원주 앞에서도 당당할 수 있는 저들의 민족성은 언제나 마음에 들지 않았다.

외원주 솔라브가 더욱 날카롭게 눈을 빛냈다.

"저 뒤의 둘은 누구시오?"

"금번 여정의 저희 호위 기사분들이십니다."

"호위? 대륙 최고의 치안을 자랑하는 라 알칸에서 무슨 호위란 말이오?"

"최근 불미스러운 일이 자주 발생하여…… 모쪼록 이해해 주신다면 감사하겠습니다."

"불미스러운?"

"본국의 내밀한 사정입니다."

이번 마도학자들은 묘하게 괴이쩍었다.

몸에 맞지 않은 헐거운 로브를 입고 있는 꼬락서니도 우스웠지만 갑작스럽게 호위 기사들까지 대동하고 오다니.

하지만 비밀리에 진행되고 있는 연구를 위해서는 저들이 반드시 필요했다.

"우리의 요구대로 모두 가지고 왔소? 먼저 확인부터 하겠소."

공손하게 허리를 숙이며 품에서 뭔가를 꺼내는 루이즈.

순간 루인의 얼굴이 일변했다.

"이 물건은 가주께 직접 전달할 예정입니다. 외원주께서 함부로 열람하실 도해가 아닙니다."

알칸 제국이 등장하기 전까지만 해도 북부 대륙 최강의 왕국은 게드리아였다.

그런 영광의 역사를 배우고 자란 게드리아인은 지금도 자존심과 고고함이 대단했다.

그러나 이곳은 닥소스가.

제깟 놈이 아무리 정통성 있는 게드리아인이라고 해도 지금은 알칸 제국이 대륙의 질서를 지배한다.

솔라브의 표정이 차갑게 일변했다.

"젊은 마도학자께서 자부심이 대단하군. 하지만 명심하시오. 그대가 서 있는 이곳은 게드리아가 아니라 알칸 제국, 그리고 닥소스가요."

넓게 드리워지기 시작하는 차가운 냉기 파동.

그것은 닥소스가 특유의 마력 파장, '샤오르'였다.

저 무시무시한 냉기 마법이야말로 지금의 닥소스가를 있게 해 준 원동력.

닥소스가의 위대한 마도사 빈슬만이 극대 빙결 주문으로 디에노우 협곡의 전체를 얼려 버린 일화는 지금도 음유시인들의 단골 소재였다.

그로 인해 끝까지 저항하던 게드리아 왕국 최후의 결사대는 모조리 차가운 얼음 시신으로 변해 버렸다.

비웃고 있는 솔라브.

자존심 강한 게드리아인들에게 일부러 닥소스가 특유의 마력 파동 '샤오르'를 보이는 이유가 바로 그것이었다.

대부분의 젊은 게드리아인들은 그 굴욕과 분노를 견디지 못하고 평정심을 잃게 된다.

'음……?'

한데 마음의 동요를 보이며 평정심을 잃을 거란 예상과는 달리 젊은 게드리아 일행은 너무나도 태연했다.

특히 맨 앞의 저놈.

묘하게 거슬리는 말투도 말투였지만 특유의 저 무심한 눈빛이 뭔가 모르게 사람을 열받게 만든다.

더욱이 그 옆의 두 연놈들도 입을 열어 인사 한 번 뻥끗하지 않고 멀뚱멀뚱 쳐다만 보고 있었다.

이 정도면 무례를 넘어선 도발이 아닐까?

그렇게 솔라브의 화가 치밀고 있을 때 루인이 다시 예의 묘하게 웃으며 입을 열었다.

"제겐 지금 외원주님의 그 말이 저희 게드리아의 마력 도해가 필요 없다는 말로 들리는데…… 제가 잘 이해하고 있는 겁니까?"

"뭐……?"

"아니 그렇지 않습니까? 갑자기 뜬금없이 이곳은 닥소스가라며 마력을 지그시 뿜어 대시는데 꺼지라는 뜻이 아니고 무엇이겠습니까?"

"그 전에—!"

부글부글 끓기 시작한 화를 겨우 참아 내고 있는 솔라브.

명분이야 당연히 저놈에게 있다.

저 마력 도해의 보안 등급은 최상을 넘어선 절대(絕對).

그런 절대 등급의 마력 도해는 오직 황제나 그 직분을 대리하는 대신들만 열람할 수 있었다.

테오나츠의 마탑주나 닥소스가의 가주가 아니라면 결코 열람해선 안 되는 것이다.

하지만 이건 의례적인 인사치레.

스크롤에 찍힌 게드리아 왕실의 봉인만 확인하는 지극히 간단한 절차였는데 지금 그것조차 거부하고 있는 것이다.

"나 원! 그냥 그대들이 게드리아 왕실 소속의 마도학자가 맞는지 그걸 확인하기 위한 간단한 절차거늘—"

"저로선 원칙을 저버리는 일입니다."

"이보시게……?"

꽉 막힌 원리원칙주의자.

옹골찬 표정을 보아하니 확실히 보통 놈은 아니었다.

솔라브의 표정이 더욱 험악하게 변했다.

"그대들의 이번 여정은 꽤 험난한 여정이 될 걸세."

"이미 만만치 않다는 걸 경험하고 있습니다."

루인이 이렇게까지 필사적인 이유야 뻔했다.

실제로 게드리아의 마도학자들에게서 마력 도해를 찾지 못했기 때문.

여관에 감금한 후 종일 심문했고, 심지어 루인이 정신 마법까지 동원했지만 별다른 소득은 없었다. 그들에겐 정말로 마력 도해가 없었기 때문이다.

'그들로서도 이번 닥소스행은 모험이다.'

알칸 제국이 게드리아 왕국에 요구한 마력 도해에는 그들의 핵심 원천 기술이 담겨 있었던 것.

이번 여정의 마도학자들은 일종의 자살조였다.

아무리 게드리아가 중요한 동맹국이라 해도 제국의 요청을 거부한 자들을 살려 보낼 리가 만무한 일.

어떻게 보면 대신 이렇게 루인이 나서 준 것은 그들에게 있어 행운이었다.

비록 다인에 의해 여관에 감금된 상태지만 오히려 그들은 지금쯤 살았다며 만세를 부르고 있을 것이다.

"흥!"

솔라브가 기분 나쁜 기색으로 정원 안으로 사라지자 루인이 동료들을 향해 눈짓했다.

루인에게 미리 언질을 받은 동료들은 최대한 마력과 투기를 감추고 천천히 진입했다.

정원 곳곳에 은밀하게 설치되어 있는 고위력의 마력 트랩.

루이즈와 동료들의 발걸음은 한껏 긴장해 있었다.

◆ ◈ ◆

닥소스가의 마법사에겐 두 가지의 길이 주어진다.

젠(Zen), 그리고 샤오르(Chaor).

각기 다른 형태의 마력적 특성을 가지는 이 특유의 마나 연 공법들은 그야말로 무한한 잠재력을 지니고 있었다.

젠을 오랜 세월 익히다 보면 두 눈이 진녹색으로 변한다.

그들을 일컬어 칭송하는 단어 그린 혼.

반면 샤오르의 푸른 눈빛, 블루 소울.

한데 이들 사이의 경쟁이 일반적인 상식을 벗어나는 수준 이었다.

웬만한 왕국 간의 국지전에 버금가는 전쟁이 시시때때로 벌어졌고, 그로 인해 수차례나 가문이 둘로 쪼개지기도 했다.

그렇게 피 튀기는 갈등을 칠백 년 가까이 견디던 닥소스가 는 마침내 하나로 통합됐다.

최초의 블루 소울, 마도사 빈슬만의 시대부터 샤오르가 주 류였지만, 끝내 그린 혼이 닥소스가의 주류로 올라선 것이다.

알칸에는 제국을 설립한 주축 가문, 즉 4대 가문이 있었다.

그러나 엄청난 출혈 경쟁을 끝낸 지금 시대에는 오직 두 가문만이 권력을 차지했다.

그런 거대한 마도 가문의 주인.

그린 혼의 수장이자 닥소스가의 위대한 가주.

브루월 빈슬만 커리넬 닥소스.

루인의 동료들은 그가 내뿜는 무시무시한 녹안(綠眼)에 이미 압도당해 버린 상태.

그저 가만히 앉아 지그시 자신들을 바라만 보고 있을 뿐인데도, 말로는 도저히 형용하지 못할 압도적인 무언가가 그에게서 뿜어져 나오고 있었다.

과연 알칸 제국의 대마도사.

그의 진녹색 눈에 얽혀 있는 무한의 광기에 루인은 내심 감탄을 터트렸다.

대마도사 브루월이 실제로 살아 있는 모습을 보는 건 오늘이 처음.

과거, 악제의 등장 이전에 홀연히 실종되어 버린 그였다.

"정말로 마도학자들을 파견하다니 의외로군."

광기로 일렁이는 브루월의 차가운 두 눈에 루인이 공손히 허리를 숙였다.

"누구도 아닌 닥소스가의 요청입니다. 받들지 않을 리가 없습니다."

"……그래?"

찻잔을 매만지던 브루월이 소름 돋게 웃었다.

자신들의 이번 요구는 게드리아 왕국에게 최후의 목숨줄을 내놓으라는 뜻이나 마찬가지.

"우리 닥소스가를 예우한다? 좋지. 한데 그 같잖은 잔재주는 뭔가?"

한순간 허공으로 가볍게 휘저어지는 그의 수인.

한데 브루월의 두 눈이 이내 동요하고 있었다.

어수룩한 마법이라고 생각했는데 놀랍게도 놈의 얼굴 주위로 일렁이고 있는 시야 왜곡 마법이 디스펠되지 않은 것.

브루월이 다소 심각해진 표정으로 찻잔을 내려놓았다.

"네놈은 누구지?"

"이해해 주십시오. 미천한 저에게도 가족이 있습니다."

"다시 묻겠다. 넌 누구냐?"

루인이 로브 속에 더욱 깊숙이 손을 파묻었다.

"게드리아의 이름 모를 마도학자입니다."

"헛소리."

상대적으로 높은 경지의 마법사는 하위 마법사의 술식을 손쉽게 디스펠할 수 있다.

고작 게드리아의 마도학자 따위가 자신의 디스펠을 막을 수 있다는 건 상상도 할 수 없는 일.

"제 마도적 능력이 아닙니다. 오직 제가 지니고 있는 아티펙트의 여파입니다."

무려 대마도사의 디스펠을 무력화시킬 수 있는 아티펙트.

그런 뛰어난 대마법 아티펙트라면 대륙에 단 몇 개밖에 없었다.

"마치 그대가 갓 핸드급 아티펙트라도 가지고 있다는 이야기로 들리는군."

루인이 로브 안에 숨기고 있는 물건은 위험한 마계의 지팡이 '기가랏트'.

마력으로 구현한 모든 권능을 재밍(Jamming)할 수 있는 마계 최강의 침묵술사, 마왕 바리샤트의 마도구였다.

물론 그 횟수는 한정적이지만 이론적으로는 마신의 흑마법까지 막을 수 있었다.

"왕국의 물건입니다. 부디 가주께 아뢸 수 없는 제 입장을 헤아려 주십시오."

"흐음……."

유심히 루인을 바라보고 있는 브루월.

확실히 보통의 일은 아니었다.

갓 핸드급 아티팩트까지 동원했다면 놈이 게드리아의 왕국의 왕족이거나 마탑의 최상부 인물일 확률이 높을 터.

단지 목소리만으로 유추하기엔 가진 정보가 너무 제한적이었다.

문득 게드리아 놈들에게 참을 수 없이 살기가 치밀었다.

"그대들도 참으로 대단하군. 도대체 이렇게까지 하는 이유가 뭐지?"

"남김없이 패를 드러낸 국가들이 어떻게 몰락했는지를 저희는 모두 지켜봐 왔습니다."

너무나도 솔직한 답변.

아무리 마도학자라지만 어쨌든 놈은 게드리아의 외교적인 사절이었다.

지금의 대답은 그런 외교적인 입장을 아예 무시하는 태도.

분명 그는 알칸 제국의 패업(霸業)을 힐난하는 듯이 말하고 있었다.

브루월의 입술이 기괴하게 꿈틀거렸다.

"어쨌거나 한번 보지. 지금 도해를 넘겨라."

"도해는 없습니다."

도해가 없다니?

브루월은 잘못 들었나 싶어 몇 번이고 고개를 갸우뚱거리고 있었다.

"외워 오기라도 했단 말이냐?"

"그 말씀 그대로입니다."

"뭐라?"

그 방대한 술법적 지식은 단순하게 한 인간이 암기해서 해설이 가능한 수준이 아니었다.

마도학자들이 모여 족히 수개월은 토론하고 연구해야 겨우 해석이 가능할 법한 마도적 지식을 뭐? 외워 왔다?

"감히 우리 닥소스가에서 그따위 아티팩트를 믿고 수작을 부리려는 것이냐!"

대마도사 브루윌 특유의 무시무시한 진녹색 눈빛이 타는
듯이 이글거린다.

그의 마력, 젠(Zen)이 강렬하게 진멸하고 있을 때 다시 루
인의 입이 열렸다.

"믿지 못하시겠다면 연구 자료를 가져다주십시오. 이 자리
에서 직접 증명해 보이겠습니다."

게드리아 왕국에 그만한 마도의 천재가 있다는 소문은 들
어도 보지 못했다.

만약 저놈의 말이 사실이라면 모든 수단과 방법을 동원해
서라도 놈을 회유해야만 한다.

브루윌이 곧장 마력을 일으켰다.

지이이이이잉-

거대한 가주의 대전, 그 천장의 밑부분이 기이한 압력에 짓
눌려 천천히 하강하고 있었다.

놀랍게도 가주실의 천장 전체가 하나의 거대한 술식 도해
였던 것.

루인과 그의 동료들이 서둘러 자리에서 비켰을 때 이미 브
루윌은 부유 마법으로 허공에 떠 있었다.

"어디 네놈의 잘난 암기력으로 저 빈자리들을 모두 채워
보아라."

광활한 술식 도해를 차분하게 음미하고 있던 루인.

한데 잠시 후, 그의 동공이 미친 듯이 흔들리기 시작했다.

치밀하게 술식의 기전을 따라가기를 수차례.

마력 판독을 거듭하던 그가 마침내 이 술식의 정체에 대해 파악해 버린 것이다.

"하하."

짧게, 그리고 허탈하게 웃어 버린 루인.

이건 대마도사 루인에게 너무나도 익숙한 물건이었다.

왠지 모르게 눈물이 흐를 것만 같았다.

처절한 배신감.

인류 최후의 병기 마장기를 수도 없이 파괴한 그 위험한 벌레가.

악제도 아닌 인간의 손에서 탄생하고 있었다니.

안티 매직 와이엄(Anti Magic Warm).

이 거대한 도해의 정체.

그것은 마장기를 무용지물로 만들, 그 위험하고 치명적인 살상 무기의 설계 도해였다.

·······*이건 정말 놀라운 술식이다.*

웬만해선 인간의 백마법을 향해 칭찬을 늘어놓지 않는 쟈이로벨조차 경탄을 금하지 못하고 있었다.

고전적인 재배열 방식이라고는 어디에도 찾을 수 없는 그야말로 획기적인 회로 구성법.

한데 이건 마법 술식이라면 반드시 추구해야 할 '증폭 과정'이 없었다.

회로에 담긴 목적은 오직 형질을 변이(變異)하는 것.

마나 수열을 무너뜨리고 파동을 방해하며 저항을 붕괴시키는, 마치 마력의 성립 자체를 방해하고 파괴하는 데 모든 목적이 있는 듯한 미친 술식.

마계의 흑마법, 드래곤의 용언마법, 인간의 백마법…….

마신으로서 긴 세월을 살아오며 존재하는 거의 모든 마법을 경험했다고 자부하는 그였다.

그런 쟈이로벨에게도 이런 어처구니없고 놀라운 발상의 술식이란 가히 처음이었다.

과장을 조금 보탠다면 이건 마법 같은 것이 아니었다.

재앙의 구현.

술식이 발현되는 즉시 사방 3천 큐빗 이내의 범위가 모두 마법이 성립될 수 없는 무마력 지대로 변해 버릴 것이다.

-하지만 이 술식은 결국 실패다. 발상은 흥미롭지만 너무 확률에 기댄 접근이로군.

그것이 바로 이 도해에 담긴 술식의 치명적인 약점이었다.

극도의 불안정성.

술식의 정석이라고 할 수 있는 증폭 과정을 모두 배제해 버렸기 때문에 성공 확률이 극도로 낮아질 수밖에 없었던 것이다.

닥소스가가 왜 그토록 게드리아의 술식을 갈구하고 있는지를 비로소 이해한 루인.

게드리아가 보유한 마력포 기술, 즉 마력광선휘광포를 설계하는 데 가장 핵심 기술이라 할 수 있는 것이 바로 '마력 역류 제어 술식'이었다.

강마력 엔진에서 뿜어져 나오는 압도적인 고출력의 마력.

그런 마력을 아무리 술식으로 안정시키려고 해도 마력 역류의 위험성을 아예 제로로 만들 수 있는 건 아니었다.

단 한 번이라도 마력이 역류한다면 그 자리에서 거대한 폭발이 일어날 터.

마장기가 파괴됨은 물론 막대한 아군의 피해도 함께 일어나, 적을 공격하기 위한 전략 병기로서의 가치를 완벽하게 상실하게 되는 것이다.

이 미지의 도해(圖解)에는 바로 그런 제어 과정이 반드시 필요했다.

안정성을 얻지 못한 채 그저 확률적으로만 구동이 가능한 술식으로 남는다면 아예 가치가 없는 도해가 될 뿐이었다.

"게드리아의 마력 통제 기술을 모두 머릿속에 외워 온 술식의 천재께서 왜 당황하고 있는 거지? 왜? 계속 잘난 척을

하기에는 너무 방대한가?"

득의양양한 미소로 비웃고 있는 브루월.

이 술식 도해의 연구에 영혼을 갈아 넣은 현자급 마도사만 다섯.

더욱이 고등위 마도학자들 수십 명이 그런 현자들을 지원 했다.

이 방대한 술식을 바로 알아볼 수 있는 마법사란 상식적으 로 존재할 수가 없었다.

한데 이어 들려온 루인의 목소리에 브루월의 낯빛이 창백 하게 변하고 말았다.

"무서운 일을 하고 계셨군요. 알칸 제국이 가진 마장기를 제외한, 나머지 세계 각국의 마장기들을 모두 고철 덩어리로 만들 생각이십니까?"

"……!"

사람이 너무 놀라면 말이 터져 나오질 않는다.

지금 브루월의 상황이 딱 그런 상황이었다.

이 방대한 술식을 정말 단숨에 해석했다고?

단지 한 번 눈으로 훑은 것만으로?

믿을 수가 없었다.

정말로 그런 일이 가능하다면 그건 천재 같은 것이 아니었 으니까.

이놈은 현자(賢者)다.

그것도 그냥 현자가 아니라 방대한 지혜와 안목이 차다 못해 넘쳐흐르는 초고등위의 완성형 현자.

지금 이 자리에 테오나츠 마탑주가 와서 확인한다고 해도, 수개월은 연구해야 겨우 술식의 정체를 파악할 수 있을 것이었다.

"모든 연산에서 증폭 과정을 삭제했군요. 지독하게 급진적입니다. 파동을 붕괴하고 수열을 무너뜨리는 술식의 완성도가 너무 낮습니다. 이래선 열 번에 두세 번밖에 성공하지 못하겠군요."

더 놀라기가 힘들었다.

술식의 기댓값까지 알고 있다는 것.

그것은 술식의 형태뿐만이 아니라 다양한 회로들이 지향하는 모든 기전과 종결적인 목적까지 완벽하게 파악했다는 뜻이었다.

그렇지 않고서는 결코 성공률을 논할 수가 없었다.

"이래서 저희 왕국의 술식이 필요했던 거군요. 모자란 완성도를 출력의 안정성으로 커버하시겠다, 뭐 의도는 좋습니다."

이제는 한없이 진지해진 브루월의 눈빛.

그저 겁 많은 애송이일 줄로만 알았는데 이렇게 된 이상 결코 무시할 수가 없었다.

"술식을 채워 줄 수 있겠느냐?"

"제가 왜 그래야 합니까?"

"뭐라?"

루인이 황당하다는 듯이 되묻는다.

"그렇지 않습니까? 완성되는 즉시 다른 왕국의 모든 마장기들은 무력화됩니다. 당연히 알칸 제국은 북부 왕국 연합과의 협약을 모두 백지화하겠지요. 게드리아는 당신의 동맹국이라고요? 글쎄요. 우리 게드리아가 그 도해가 완성되고 난후에도 계속 알칸의 동맹일 것 같진 않습니다만……."

"국가 간의 일을 너무 가볍게 보는군."

피식 웃는 루인.

"알칸은 지금까지 충분히 그렇게 해 왔습니다."

루인은 브루월의 마음을 손바닥 보듯이 훤하게 읽고 있었다.

지금 자신이 보고 있는 건 안티 매직 와이엄의 초기 형태.

훗날 이 술식은 기이한 생명체와의 합성으로 안정성을 담보하게 될 것이다.

당시에는 마계의 생명체라고 생각했던 이면창조물과의 합성.

강한 생명력으로 강마력을 억제하는 방식을 아직 모르는이상 지금의 놈에겐 이 자리의 협상이 절실할 것이었다.

그러고 보면 이들은 과거에도 끝내 게드리아의 술식을 얻지 못한 것이었다.

게드리아의 술식을 얻었다면 그런 흉측한 괴물 벌레가 탄생할 리가 없었을 테니까.

'…….'

놈에게 치밀어 오르는 경멸을 가까스로 참아 내고 있는 루인.

비록 지금은 아니라고 해도 이 브루월은 언젠가 악제에게 안티 매직 와이엄을 바치고 그의 노예가 될 인간이었다.

물론 악제의 마수에 의해 빼앗긴 건지 그저 회유당한 건지, 지금으로선 함부로 단정할 수가 없었지만 루인에겐 일단 상대를 적으로 단정하는 버릇이 있었다.

늘 최악을 생각하며 움직이는 것이 그나마 위험과 변수를 줄이는 길이라는 것을 경험으로 알고 있기 때문.

지금의 브루월은 루인의 눈에 완벽한 악제의 주구였다.

"아예 생각이 없었다면 이 닥소스에 오지도 않았겠지. 지금처럼 행동해 봤자 네놈에게 닥칠 일은 오직 개죽음뿐이다. 뭔가? 바라는 것이?"

그때 루인이 마치 기다렸다는 듯이 대답했다.

"이 도해를 최초로 고안한 마법사를 만나게 해 주십시오."

"……최초로 고안한 자?"

이 도해 속의 술식들이 더욱 형편없어 보이는 이유는 완벽하고 깔끔한 무언가에 쓸모없는 덧살만 잔뜩 붙여 놓은 느낌이 들었기 때문.

이런 중구난방의 도해는 대부분 최초의 고안자가 참여하지 않았을 때 발생하는 전형적인 형태였다.

알칸 제국이, 그것도 이 거대한 마도 가문 닥소스가가 전력을 기울여 완성하려는 도해의 기초 작업에 최초의 고안자가 참여를 하지 않았다?

답은 뻔하다.

우연히 습득했거나.

혹은 강제로 빼앗은 것이다.

"왜지?"

"지금의 상태로는 제가 술식을 보완한다고 해도 완벽하게 완성되지 않습니다. 기껏해야 그 기댓값이 8할, 9할이 될 뿐이죠. 10할을 바라고 계실 것 아닙니까?"

단 한 번이라도 술식의 전개를 실패하게 되면 오히려 아군 측에 막대한 재앙을 불러일으키는 극악한 마법.

오직 완벽해야만이 그 가치가 유지될 수 있다.

"지금 놈을 만나 봐도 얻을 수 있는 것 따윈 없다."

루인의 머리가 급속도로 회전한다.

브루월의 짧은 설명에도 그의 어조나 어감, 또한 구사하는 어휘 속에 많은 정보가 담겨 있었다.

이 도해의 초기 고안자는 이 닥소스가와 우호적인 인물이 아니다.

그리고 지금 그의 신변은 이곳에 억류되어 있다.

또한 그는 모든 힘을 다해 입을 다물고 있다.

단 세 가지의 유추였으나 대마도사 루인은 완벽한 대응 방안을 떠올렸다.

"물리적으로 입을 열게 하려는 시도는 그다지 지혜롭지 못한 방법입니다. 전 이 도해로 그와 토론할 작정입니다."

"토론……?"

"네. 수도 없이 보이는 이 바보 같은 빈틈들에 대해서 말이죠."

비릿하게 웃고 있는 루인.

마법사는 마법사를 가장 잘 안다.

자신이 오랜 세월 쌓아 완성한 지혜가 마법적 논리로 모독당한다는 것.

그런 모욕과 수모를 겪고도 끝까지 입을 다물 수 있는 마법사는 그리 많지 않았다.

"호오……."

브루윌의 얼굴이 점점 흥미로움으로 물드는 것도 그 역시마법사이기 때문.

지금까지 이 도해를 앞에 두고 그놈과 마법적 토론을 벌이겠다는 마법사는 없었다.

그것은 이 거대한 마도 가문의 주인인 자신조차 엄두가 나지 않는 일이었다.

놈이 고안한 술식의 전개 방식은 누구도 쉽게 이해하지 못했으며, 그 해석도 연구했던 사람마다 제각각.

하지만 누구도 아닌 자신이 직접 보았다.

단지 슬쩍 도해를 살핀 것만으로도 술식의 빈틈과 기댓값까지 파악해 버리는 희대의 괴물을.

"놈을 데려오라."

쥐 죽은 듯이 서 있던 닥소스가의 집사가 두 눈을 휘둥그레 떴다.

"가주님. 그자는……."

닥소스가에 억류되어 있는 사실이 알려져선 안 될 자.

브루윌은 자신의 중지에 끼워져 있는 반지를 집사에게 내보였다.

"가주령이다."

"……!"

닥소스가의 가주령.

감히 바라볼 수조차 없는 그 거대한 권위에 집사는 황망하게 허리를 숙였다.

원로들이 반발하던 경쟁 계파인 블루 소울에서 빌미로 삼든 일단은 가주령이었다.

"가주령을 받듭니다."

황급히 집사가 사라지자 브루윌이 다시 루인을 지그시 바라봤다.

"진실로 대범하군. 게드리아 왕국에 내주기엔 참으로 대단한 마도(魔道)와 배짱이다. 어떤가? 제국, 아니 우리 닥소스가에 귀화하는 것이?"

슬며시 웃으며 침묵하고 있는 루인에게 다시 재촉하는 브루윌.

"부귀영화…… 아니 그런 약속은 그대 같은 사람에게 무례한 소리겠군. 원하는 게 뭔가? 테오나츠의 지혜? 아니면 황궁?"

그 누구도 아닌 닥소스가의 가주가 하는 말.

최고 현자급의 마도를 지닌 마법사였으나 어쨌든 한창 야망으로 들끓는 시기의 젊은 마법사.

하지만 그렇게 자신만만해하고 브루월에게 돌아온 것은 무료하고 권태로운 루인의 힘없는 목소리였다.

"그다지. 이 제국에는 제가 원하는 것이 없습니다."

"뭐……?"

말 한마디에 황제가 귀를 기울이고 거대 학파가 움직이는 무려 닥소스가의 가주가 하는 말이었다.

"이 제국에서 흥미로운 걸 찾는다면 말씀드리겠습니다. 하지만 지금까진 없습니다."

"허……."

더 이상 놀랄 힘도 없다.

그렇게 브루월이 한참 동안 게슴츠레하게 눈을 뜨고 있을 때 집사가 돌아왔다.

"가주님, 그를 데려왔습니다."

희미하게 웃고 있던 루인이 돌연 경직되었다.

치렁하게 늘어진 거친 산발.

흉측한 고문으로 걸레짝이 된 육체.

"……."

참을 수 없이 뜨거운 눈물이 흘러내린다.

엉망이지만 결코 잊을 수 없는 그의 얼굴.

제국의 마장기의 오너 매지션이 된 자신을 혐오하던 마법사.

모든 마장기들이 사라진 세계를 꿈꾸던 순박한 사나이.

황성에 갇혀 있어야 할 현자 다인의 사촌.

뎀므 아조스.

루인의 또 다른 친구이기도 한 그가 더없이 비참한 모습으로 나타난 것이었다.

콰아아아아아앙—

초월자의 거대한 분노가.

닥소스가에 휘몰아쳤다.

Chapter. 86

〈안 돼요!〉

다급하게 루인을 향해 소리치는 루이즈.

아직 남부의 방벽은 완성되지 않았다.

여기서 힘을 드러내면 치밀하게 준비한 모든 것들이 무용지물로 변할 터.

하지만 대마도사의 차가운 이성은 옛 동료의 처절한 모습 앞에서 무너져 내리고 말았다.

ㅊㅊㅊㅊㅊㅊㅊ—

광기 어린 눈동자.

극도로 투명한 루인의 두 눈이 해부할 듯이 브루윌을 직시한다.

"……왜 그런 것이냐."

적어도 같은 마법사라면, 한 사람의 마법사가 이룩한 마도의 소중함을 모를 리가 없다.

그러나 희미하게 꺼져 가는 뎀므의 마나 하트.

틀림없었다.

놈들은 마법사에게 있어서 가장 중요한 기관인 서클을 부쉈다.

완전하게 변해 버린 루인의 분위기.

닥소스가의 가주 브루윌은 갑작스레 일어난 현실에 대해 인지부조화를 겪고 있었다.

추측할 수 없을 만큼의 광대무변한 마력 파동.

무한한 압력, 그야말로 상상할 수 없는 밀도의 마력이 사방에서 옥죄어 오고 있다.

"너, 넌 누구…… 흡!"

연 입으로 압력이 밀려들어 온다.

음유하지만 명백히 느껴지는 마력 파동에 폐부가 찢어질 듯이 공명했다.

마력이 내뿜는 압력만으로 폐부까지 압박받는 경험은 그로서도 처음이었다.

초고등위 현자들의 마력 운용에서 간헐적으로 이런 현상

이 보고된 경우는 있었지만 지금 자신이 겪는 수준과는 아예 수준 자체가 달랐다.

"서클을 부수고 온몸의 힘줄을 가닥가닥 잘랐구나. 오랜 기간의 암흑으로 시력도 정상으로 회복하기 힘들겠지. 무엇보다 네놈은."

"……."

"그의 정신을 무너뜨렸다."

퉁—

갑작스레 들려온 기이한 소음.

브루월의 고개가 의문으로 삐딱하게 기울어졌을 때.

루인은 이미 웃고 있었다.

이어 느껴지는 상상도 할 수 없는 고통.

"끄아아아아아아아아아—!"

곧바로 허물어져 버린 브루월.

자신의 심장을 강렬하게 감싸고 있는 소중한 힘, 찬란하게 빛나던 아홉 고리가 산산조각이 나 버렸다.

갑작스레 일어난 처참한 상황 앞에서 브루월은 도저히 지금의 현실이 믿기지 않았다.

"끄으으으…… 대체 이게 무슨……!"

그러나 곧바로 짓쳐 오는 무수한 마력 칼날.

흔한 소음 하나 없었다.

신체의 모든 주요 근육과 인대, 신경과 뼈가 분리되자, 간신히 비틀거리고 있던 브루윌은 아예 엎어지고 말았다.

서클이 부서질 때와는 비교조차 할 수 없는 극한의 고통.

아예 신음조차 흘러나오지 않는다.

통증이 극에 이르자 패닉 상태에 빠져 버린 것이다.

마지막으로 그의 두 눈이 툭 하고 튀어나와 바닥에 아무렇게나 굴렀다.

그때 심상치 않음을 느끼고 도망쳤던 집사가 가주실 가까운 곳에서 대기하고 있는 최정예 전투 마법사들과 다시 돌아왔다.

"웬……! 흡!"

"조심……!"

닥소스의 가주조차 견디지 못했던 마력의 압력이었다.

모두가 화려한 이명을 자랑하는 닥소스가의 최정예 마법사들이었지만, 대응은커녕 숨조차 제대로 쉴 수 없었다.

자신들을 물끄러미 바라보는 투명한 눈동자에 그들은 심장이 주저앉는 기분을 느꼈다.

"꿇어라."

다시금 세상에 현신한 흑암(黑暗)의 공포.

도저히 항거할 수 없는 권위, 그 압도적인 위압감에 모두가 전율하며 몸을 떨 수밖에 없었다.

그것은 비단 닥소스가의 마법사들뿐만이 아니었다.

뒤에서 루인을 지켜보고 있던 월켄과 루이즈, 시르하 역시 정수리부터 발끝까지 찌릿한 전율을 느끼고 있었다.

하지만 여전히 악착같이 서 있는 전투 마법사들.

점점 잿빛으로 물들어 가는 루인의 눈동자에서 관심이 끊어진다.

영혼에 깊숙이 스며들어 있는 닥소스가의 자부심이 결국 그들 스스로를 죽음에 이르게 한 것이다.

쏴아아아아아아아—

전투 마법사들이 동시에 피로 변해 흘러내린다.

단지 그게 끝이었다.

동시에 아무렇게나 쓰러져 있던 브루월의 육체가 천천히 허공으로 떠올랐다.

음울한 잿빛의 눈, 루인의 시선이 물끄러미 그를 향했다.

"귀는 들릴 테지."

루인이 그에게 남겨 놓은 건 오직 두 개의 감각 기관뿐이었다.

듣는 것과 말하는 것.

"악제(惡帝)를 알고 있나."

정신이 모조리 무너져 내리는 상황 속에서도 처절하게 기억을 더듬는 브루월.

하지만 그는 이내 부정했다. 실제로 그런 자를 들어 본 적이 없었기 때문.

"끄으…… 모른…… 다……!"

루인의 무감한 시선이 루이즈를 향했다.

살짝 고개를 끄덕이는 루이즈.

진실이라는 뜻이었다.

"저 도해를 완성하려는 건 누가 시킨 일인가. 혹은 순수한 당신의 욕망 때문인가."

"끄으으으으으…… 다, 닥소스……! 우리 닥소스를…… 위해서다……!"

가까스로 현실을 자각하게 된 브루월은 그야말로 필사적으로 외치고 있었다.

자신이 이룬 경지는 무려 9위계의 끝자락.

마법학회로부터 최고 등위의 매지션, 세이지(Sage)를 부여받은 지도 벌써 수십 년이 흘렀다.

그런 초인의 끝자락에 서 있는 자신이, 이렇게까지 쉽게 벌레처럼 짓이겨질 수 있다는 것이 도저히 믿기지가 않았다.

"가문이라."

차갑게 웃고 있는 루인.

욕망에 취약한 인간을 욕할 생각은 없다. 그러나 저 단순한 결정으로 인해 인류의 멸망이 수십 년은 앞당겨졌다. 그것은 대마도사에게 있어 결코 용서할 수 없는 대죄였다.

"그렇군. 그럼 나 역시 내 욕망대로 처결하겠다."

"끄…… 무슨……?"

툭—

너무나도 쉽게 몸통과 분리된 브루월의 목.

동시에 루인은 천장으로부터 떨어져 내린 거대한 도해를 순식간에 불태워 파괴해 버렸다.

화르르르르—

그리고.

"아크 메이지들은 후방에서 지원한다! 그린 혼의 후예들이여! 가주님을 보호…… 헉?"

닥소스가가 자랑하는 최정예 마법 병단, 그린 스톰의 지휘관 엘르브가는 눈앞에 벌어진 참상에 그대로 얼어붙고 말았다.

"가, 가주님!"

몸통으로부터 분리되어 혀를 길게 빼물고 있는 브루월의 목을 확인한 엘르브가는 곧바로 이성이 달아났다.

"모조리 죽여라!"

하지만 이번에는 루인보다 월켄이 한발 앞서 있었다.

츠츠츠츠츠츠—

사방으로 얽히는 촘촘한 투기.

훗날 검성(劍聖)이라 추앙받을 기사의 위엄, 새롭게 태어난 혼돈의 검이 마침내 세상에 드러난다.

좌아아아아아!

간헐적으로 점멸하며 짓쳐 가는 진멸(盡滅)의 검.

세상을 멸망시켜 버릴 듯한 거대한 기운이 그대로 공간을 압착한다.

캘러미티 카오스(Calamity Chaos).

그렇게 혼돈의 검, 최고의 비기가 그대로 마법 병단에 작렬했다.

콰아아아아아아아앙—

말 그대로 그것은 극대 소멸.

무수한 생명들이 서 있던 자리에는 오직 새까만 구덩이뿐이었다.

끝도 보이지 않는 무저갱.

온갖 시동어를 외치며 달려들다가 간신히 여파에서 살아남은 그린 혼의 마법사들은 하나같이 멍해져 버렸다.

마치 꿈을 꾸는 기분.

그렇게 마법사들이 현실을 받아들이기도 전에 거센 바람이 들이닥쳤다.

이 세상에서 가장 바람과 잘 어울리는, 누구보다도 자유로웠던 사나이.

그래서 모든 사람들에게 바람의 대행자라고 불리던 따뜻한 영웅.

쏴아아아아아아—

마치 그건 무투술이 아니라 하나의 춤사위를 보는 듯했다.

때론 부드럽게.

때론 맹렬하게.

어떤 형태와 이치에도 구애받지 않는, 자유롭게 초원을

누볐던 늑대의 춤사위 그 자체였다.

또 그는 웃고 있었다.

눈에 보이지도 않는 스피드로 떠밀치고 지팡이를 빼앗으며 마법사들의 대열을 무너뜨리면서도 그의 눈과 입은 언제나 웃고 있었다.

저것이 시르하.

대마도사가 기억하는 그 모습 그대로였다.

그렇게 혼란스러운 와중에서도 끝내 술식을 완성한 마법사들에게는 루이즈의 마나 재밍(Mana Jamming)이 닥쳤다.

극도로 차분한 눈빛.

진노하는 침묵의 영언자가 휘둘러질 때마다 모든 것이 고요해진다.

마나의 수열을 비틀어 캐스팅을 무너뜨리는 그녀는 그저 고아하고 도도하게 서 있을 뿐이었다.

그것은 마치 무풍지대를 만들어 가는 초자연적인 권능.

침묵은, 끝까지 전염되고 전염되어 광활한 적요(摘要)를 낳는다.

최강의 디스펠 캐스터.

적요(寂寥)하는 마법사, 루이즈.

오히려 군단은 흑암의 공포보다 저 차갑고 도도한 마법사를 더욱 두려워했었다.

"……."

그 옛날의 영웅들이 모두 돌아온 듯한 광경에 루인은 뜨겁게 웃고 있었다.

그러나 마냥 웃고 있을 수만은 없었다.

'뎀므…….'

그가 희미하게 눈을 뜬다.

꺼져 가는 촛불처럼 위태로운 그를 반드시 살려야 했다.

루인은 더욱 강력하게 감각권을 끌어올려 주변의 모든 것들을 감지하기 시작했다.

곳곳에서 느껴지는 강렬한 마력의 파동.

닥소스가가 위험한 마법 트랩들을 작동하고 있었다.

그리고 저 멀리 육중한 골렘이 지하에서 마장기를 끌어 올리고 있었다.

마장기가 대열을 갖추고 포격을 시작해 오면 동료들의 보호가 힘들어진다.

또한 하늘에서 그물처럼 촘촘히 마력이 얽히고 있었다. 공간 이동을 방해하는 스파이더 트랩이었다.

"월켄. 시르하."

"응?"

자신을 쳐다보고 있는 동료들을 향해 루인이 시선으로 하늘을 가리켰다.

"스파이더 트랩이 얽히고 있다. 완성되면 공간 이동이 불가능해. 뎀므와 함께 탈출하기 힘들어진다."

마법에 대해 무지한 검성과 시르하였다.

"핵심만 말해라. 뭘 하면 되지?"

"스파이더 트랩은 투기에 취약하다. 스피릿 오러로 자를
수 있지. 할 수 있겠지?"

"간단하군."

월켄이 검을 고쳐 잡고 있을 때, 시르하가 의문을 담은 시
선으로 루인을 쳐다봤다.

"그런데 넌?"

루인은 이런 손쉬운 부탁을 남에게 할 위인이 아니었다.

그는 항상 남에게 부탁하기 전에 스스로 먼저 움직이는 사
람이었다.

루인이 닥소스가의 가장 드높은 첨탑 부근을 손으로 가리
켰다.

"저기 아래에 골렘이 있다. 막아야 해. 마장기가 지상에 끌
어 올려진다면 곤란하다."

월켄이 감각으로 첨탑 부근의 주변을 살피더니 눈살을 찌
푸렸다.

"골렘을 보호하는 마법사들이 너무 많군. 뭔가 불길한 결
이 수없이 느껴지는 것을 보니 그 마법 트랩이란 것도 많은 것
같고. 할 수 있겠나?"

루인은 웃었다.

자신에게 그것은 할 수 있냐 없냐의 문제가 아니었다.

어려움이 있다면 오직 살상 여부뿐.

사람을 죽이고 골렘을 멈추느냐, 죽이지 않고 멈추느냐 그 차이가 전부였다.

〈전 무슨 일을…….〉

"뎀므를 보호해."

〈네. 알겠어요.〉

그렇게 동료들을 한 차례 바라보던 루인은 뭔가 마음에 차지 않는다는 눈빛이었다.

검성은 그런대로 괜찮았지만 아직 루이즈와 시르하는 사람을 다치게 하는 것을 망설이고 있었다.

"루이즈."

이어 더없이 차갑게 말하는 루인.

"더는 망설이지 마. 지금 우리가 서 있는 곳은 지옥이다. 이제 생도 시절의 낭만 같은 건 없어. 알겠지?"

〈그래도…….〉

"명심해. 지금부터 우리가 상대하는 놈은 악제(惡帝)다. 막아야 할 건 인류의 멸망이고."

이어 시르하에게 말하는 루인.

"시르하."

"응?"

"재밌냐?"

"뭘……?"

사람을 다치게 하지 않으려고 노력하는 그의 착한 마음씨를 모르진 않는다.

그러나 루인은 그것이 그를 죽음으로 이끌 거라는 걸 이미 알고 있었다.

과거를 되풀이하지 않으려면 바람의 대행자도 달라져야 한다.

"웃지 마라. 전투는 일족의 놀이 같은 게 아니다."

파아아아앙~

대마도사의 몸이 포탄처럼 쏘아졌다.

◆ ◈ ◆

골렘(Golem).

마장기가 등장하기 전까지만 해도 가장 강력했던 마도 병기.

유리처럼 반짝이고 있는 청백색의 거대한 골렘은 닥소스가가 보유한 골렘 중에서도 최고 등급의 아크 골렘(Ark Golem)이었다.

그런 아크 골렘이 인간을 대신해 커다란 도르래를 잡아당기며 마장기를 끌어 올리고 있었다.

불과 백여 년 전까지만 해도 최강의 마도 병기로 취급받던 골렘의 그런 모습이란 마치 한 편의 아이러니.

탁탁탁탁탁—

거친 소음을 내며 돌아가던 톱니바퀴가 새로운 기어에 맞물리자 닥소스가가 자랑하는 최강의 마장기, 디스트럭션 캐논(Destruction Cannon)의 포신이 마침내 드러나기 시작했다.

다른 왕국이 운용하고 있는 마장기와는 비교조차 할 수 없는 엄청난 구경의 마력포.

닥소스가의 마법사들은 비로소 안심했다.

누가 뭐래도 현시대 최강의 마도(魔道).

제아무리 강력한 마법사라 한들 마장기는 고작 몇몇 인간으로 상대할 수 있는 병기가 아니었다.

"가주님의 신변이 위협받고 있다! 아크 골렘의 출력을 최대로 개방해! 어서!"

"알겠습니다!"

마장기의 운반을 맡고 있는 수석 지휘관 브루노가 벼락처럼 소리를 지르자, 아크 골렘의 주변에 서 있던 마법사들의 수인이 바빠졌다.

그들에 의해 아크 골렘이 딛고 있는 발밑에 출력 강화 술식이 그려졌고, 이어 아크 골렘 두 기의 가슴 부위가 시뻘겋게 타오르기 시작했다.

최대 출력을 맞이한 아크 골렘들이 육중한 쇠사슬을 더욱 억세게 잡아당긴다.

미친 듯이 돌아가는 도르래.

도르래의 굉음에 귀를 막고 있던 마법사들은 순간 뭔가 주위가 어둑해진 느낌이 들었다.

고개를 들어 올려 하늘을 확인하던 마법사 하나가 경악성을 내질렀다.

"브, 브루노 님! 위를!"

"음?"

경계 첨탑 위의 상공.

단 한 명의 인간이 공중에 떠 있었다.

그럼에도 닥소스가의 마법사들은 마치 하늘 전체가 어둠으로 물든 것만 같은 착각을 느끼고 있었다.

난생처음 겪는 기이한 느낌.

분명 강렬한 태양 빛은 그대로 지상으로 내리쬐고 있어 대낮처럼 환했다.

그러나 사람의 감각, 즉 인식계(認識界)로는 그런 빛을 인식할 수가 없었다.

그건 마치 뜨거운 불을 만지고도 얼음처럼 차갑게 느끼는 이율배반적인 상황.

진정한 어둠, 흑암(黑暗)을 마주한 그 첫 느낌이란 말로는 쉽게 표현하기 힘든 종류의 공포였다.

진정한 심연의 공포를 마주한 마법사들.

그때, 인간이되 공포인 자에게서 잿빛이 스멀스멀 흘러나온다.

"수석 지휘관님! 뭐, 뭔가가!"

심상치 않음을 느낀 브루노는 재빨리 디스트럭션 캐논의 오너 매지션, 벤자민에게 명령했다.

"서둘러 탑승하시게!"

"아, 알겠습니다!"

닥소스가의 최중심부를 수호하고 있던 로열 매지션들의 기운이 눈 깜짝할 사이에 사라졌다.

더욱이 가공할 위력의 초고위 트랩들을 초 단위로 분쇄하며 일직선으로 날아오는 자는 처음이었다.

대륙 곳곳에서 이름을 떨치고 있는 쟁쟁한 초인들에게도, 이토록 짧은 시간 안에 닥소스가의 마법 트랩을 뚫는다는 건 그야말로 꿈과 같은 이야기였다.

콰아아아아아아아앙!

놈에게서 흘러나온 잿빛 기운에 의해 마장기의 사출구를 감싸고 있던 마지막 보호 트랩마저 파괴됐다.

경악하며 디스트럭션 캐논을 쳐다보던 브루노는 겨우 안도의 한숨을 내쉬었다.

디스트럭션 캐논의 거대한 포신이 강마력을 가득 품은 채로 시뻘겋게 달아올라 있었기 때문.

"뭘 망설이나! 첨탑이 가루가 돼도 상관없네! 놈을 없애 버려!"

우우우우우우웅!

최대 출력까지 개방된 강마력 엔진이 태양처럼 밝게 빛났고.

마침내 마력광선휘광포, 인간이 만든 최후의 재앙이라는 궁극의 포격이 뿜어져 나왔다.

콰아아아아아아아앙—

발출된 마력포탄이 시뻘건 폭열 지대를 만들며 섬전처럼 나아간다.

음속을 돌파하며 생긴 소닉붐, 그 거대한 충격파에 마장기를 지탱하고 있던 아크 골렘이 쓰러졌다.

콰아아아아아아아아아앙—

뒤이어 인간의 청각으로 견딜 수 없을 만큼의 폭음이 사방을 집어삼켰다.

특수한 귀마개로 귀를 막고 있었지만, 가히 귀청이 찢기는 듯한 고통에 브루노는 악착같이 이를 깨물며 버티고 있었다.

하지만 그의 입은 웃는 중이었다.

디스트럭션 캐논의 포격에 적중되고도 살아남을 수 있는 인간은 존재할 수가 없다.

설사 그게 신이라 해도 육신이라는 가죽을 뒤집어쓰고 있는 이상 소멸을 피할 수가 없는 것이다.

특히나 디스트럭션 캐논은 대륙에 존재하는 마장기들 중에서도 최강의 화력을 자랑하는 신기(神器).

놈은 이제 끝이다.

그렇게 찰나의 순간에도 브루노는 차갑게 확신하고 있었다.

그러나.

촤아아아아아아아아—

하늘이 갈라지고 있다.

아니 정확히 말하자면, 디스트럭션 캐논에 의해 발출된 마력광선휘광포가 정확하게 둘로 갈라져 머나먼 후방으로 사라져 가고 있었다.

대부분의 마법사들은 마장기의 포격이 뿜어낸 강렬한 휘광에 눈도 제대로 뜨지 못했지만 브루노만큼은 분명하게 확인하고 있었다.

둘로 기다랗게 찢어진 채 후방으로 사라져 가는 마력광선휘광포의 흔적을.

허공에는 그저 작고 초라한 마력 칼날 하나가 덩그러니 소환되어 있을 뿐이었다.

극도로 벌어진 입.

이건 마치 현실과 비현실의 경계가 무너진 듯한 심정이었다.

고작 마력 칼날 하나로 마장기의 포격을 둘로 쪼개 버릴 수가 있다니!

그러나 오너 매지션의 판단은 빨랐다.

우우우우우우우웅—

또다시 강마력 엔진의 출력을 최대로 개방하며 브루노의 명령만을 기다리고 있는 것이었다.

"다, 다시 전개하라! 예열이 끝나면 곧바로 다시 쏜다!"

"충!"

하지만 불행하게도 재앙이 더 빨랐다.

쫘지지지직—

뭔가 파괴되는 소음이 들려온다.

하지만 그 소음은 꽤 늦은 것이었다.

이미 디스트럭션 캐논의 포신이 기형적으로 꺾여 있었기 때문.

더구나 그 꺾인 방향이 아군의 방향이다.

새하얗게 질려 버린 브루노가 미친 듯이 고함쳤다.

"저, 전개 중지! 서둘러 강마력을 연소한다! 정비대!"

주변에서 대기하고 있던 디스트럭션 캐논의 엔지니어들이 소리쳤다.

"회, 회복 불능입니다! 마력포가 강제로 저만큼이나 돌아 갔다면 자세 제어를 담당하는 마력 코어가 파괴됐다고 판단 해야 합니다!"

디스트럭션 캐논의 포신은 무려 이스하르콘 초합금과 극 대질량 마력 코어로 만들어졌다.

마력광선휘광포의 열과 충격파까지 충분히 견딜 수 있을 정도로, 가히 현대 마도 공학의 첨단이라 할 수 있는 기술들 이 모두 녹아 있는 장치인 것이다.

그렇게 이 세상에서 내구성이 가장 뛰어난 장치가 고위 마 법도 아닌 고작 순수한 물리력에 의해 처참하게 파괴되어 버 린 것.

더욱 소름이 끼치는 것은 상대의 어떤 수법에 의해 마력포 가 파괴되었는지를 아무도 살피지 못하고 있다는 것이었다.

"모든 방위를 선점하고 막아 낸다! 강마력 스피어 레이를 전개하라!"

디스트럭션 캐논의 마력핵이 필드 마법을 전개하기 위해 다중 코어로 전환되며 미리 준비된 술식의 회로를 따라 구동 되기 시작한다.

물론 마력광선휘광포가 마장기의 핵심 전력.

그러나 많은 마도학자들은 측정 불가의 강마력으로 구동 되는 다양한 마법들이 더욱 위력적이라고 평가한다.

마력포는 공격이 한 점으로 한정되지만 술식으로는 다양한 목적의 작전을 수행할 수 있었기 때문.

디스트럭션 캐논 역시 마력광선휘광포를 상실하더라도 여전히 극대 주문 수준의 필드 마법을 연속으로 구동할 수 있는 최고의 마장기였다.

하지만 이번에도 역시 잿빛 재앙이 먼저 들이닥쳤다.

쿠쿵!

콰직!

눈에 보이지도 않는, 그저 브루노는 흐릿한 잔상이 스쳐 지나간 정도만을 느꼈을 뿐이었다.

하지만 어느새 잿빛 괴물이 나타나 있었다.

닥소스가의 마장기, 디스트럭션 캐논의 전면에 홀연히 나타난 그는 손에 커다란 무언가를 쥐고 있었다.

강렬한 마력 스파크가 간헐적으로 튀고 있는 무언가를, 그는 그저 무심한 얼굴로 들고 있었다.

"수, 수석 지휘관님!"

"맙소사!"

"저럴 수가!"

점점 빛이 사라지고 있는 무엇.

지지지직—

지지지지직—

허공으로 급격하게 흩어지고 있는 강마력에 의해 순식간에 마력 방출 현상이 몰아친다.

루인이 무심한 표정으로 손에 들고 있는 건 깔끔하게 파괴된 강마력 엔진, 혹은 마력핵이라 불리는 마장기의 핵심 기관이었다.

브루노가 멍한 얼굴로 디스트럭션 캐논을 바라본다.

심장을 잃은 거대한 마도 병기가 급속도로 차갑게 식어 가고 있었다.

잿빛을 머금은 루인의 투명한 두 눈이 빛을 잃어 가는 마력핵을 해부했다.

"꽤 복잡하군."

이 정도 수준이라면 쟈이로벨의 마장기, '진네옴 투드라'의 마력핵에 비해서도 결코 부족함이 없었다.

전혀 다른 형식의 마도(魔道)가 적용됐지만 그 위력만큼은 마신의 지혜와도 견줄 수 있는 수준.

지이이이이잉—

아공간 헬라게아를 소환한 루인이 그렇게 고철이 되어 버린 디스트럭션 캐논의 마력핵을 아무렇게나 집어넣었다.

루인은 자신에게 가득 적개심을 드러내고 있는 아크 골렘을 여전히 무심하게 바라보고 있었다.

수호할 대상을 잃어버렸으니 당연한 행동.

어차피 설계된 자아대로 움직이는 마도 병기였기에 금방 루인의 관심은 식어 버리고 말았다.

그런 그가 확 하니 몸을 돌려 장소를 벗어나려고 하자, 비로소 임무를 깨달은 브루노와 그의 부하들이 서둘러 루인을 에워쌌다.

걸음을 멈추고는 사방을 두리번거리다 싱긋 웃는 루인.

"마법사들답지 않군."

마장기에서 발출된 강마력 포탄을 마력 칼날로 하나 쪼개는 광경을 직접 목격한 자들이었다.

더구나 루인은 물리적으로 함부로 자극하면 거대한 폭발을 일으키는 강마력 엔진을 맨손으로 해체하는 모습까지 직접 보여 주었다.

왜?

굳이 이 많은 마법사들을 죽이고 싶지는 않았으니까.

자신을 막는다면 결국 죽음이 닥칠 거라는 걸 저들 모두가 알고 있을 것이었다.

그래도 저들은 차가운 이성을 지닌 마법사들이었으니까.

하지만 그들은 하나같이 각자의 수인을 맺으며 자신을 감싸고 있었다.

루인은 또다시 피식 웃음이 새어 나왔다.

"명가(名家)라……."

이들의 자부심은 하이베른, 아니 그보다도 훨씬 드높을 것이다.

닥소스가의 아성이란 알칸 제국 내에서도 함부로 허물 수 없는 것일 테니까.

아크 골렘들이 또다시 마력으로 방열된다.

몇 개의 마법이 루인을 향해 짓쳐 왔다.

루인은 눈을 감았다.

대마도사의 자비는 여기까지.

어차피 그들 스스로가 선택한 삶이다.

그렇게 초월자의 잿빛 권능이 다시 사방으로 폭사될 무렵.

<멈추어라.>

반쯤 감긴 에메랄드빛 눈동자.

감정 없는 눈, 하지만 서글픈 표정이 역력한 그녀가 루인에게로 다가왔다.

늙지 않는 여인.

신의 의지를 대리하는 지고의 무희.

인류의 절멸 앞에 스스로 몸을 내어 준 자.

루인을 찾아온 의외의 인물은 바로 성녀(聖女)였다.

"……."

같은 초월자가 되어 그녀를 바라본다.

과거에는 읽을 수 없었던 많은 것들이 그녀에게서 느껴진다.

어쩐지 지금에 와서야 저 성녀의 모호한 표정이 조금은 이해됐다.

"아르디아나."

잿빛으로 이글거리는 루인의 두 눈이 아르디아나를 바라보고 있었다.

아르디아나.

많은 사람들에게 기적의 치료술을 베푼 성녀이자 특유의 예지력으로 무수한 예언을 남긴 신비한 예언가.

반면 그녀의 경지에 대해서는 알려진 것이 거의 없었다.

영웅들끼리도 의견이 분분했지만 대마도사인 루인조차 그녀의 권능에 대해서만큼은 불문에 부쳤다.

이유는 하나.

마신의 마법을 통해 대마도사의 위업을 쌓은 루인으로서도 성녀 아르디아나의 진정한 경지를 읽을 수 없었기 때문.

하지만 지금.

초월자가 되어 그녀를 바라보고 있자니 왜 과거에 그녀의 경지를 살피지 못했는지가 훨씬 명확해졌다.

특유의 따뜻한 생명력.

그녀의 주위로 아지랑이처럼 얽혀 있는 저 신비한 기운이야말로 살을 아물게 만들고 피를 멈추게 하는 초월자 특유의 권능이었다.

더구나 그 경지가 지금의 자신보다 훨씬 드높다.

마치 가변세계에서의 첫 인간 사히바를 다시 마주친 듯한 느낌.

성녀 아르디아나가 이 정도로 대단한 초월자였다는 것은 루인에게도 큰 충격이 아닐 수 없었다.

이 시기에 이만한 능력을 갖추고 있었다면 왜 악제와의 그 처절했던 전투들에서 단 한 번도 능력을 드러내지 않았단 말인가?

더 화가 나는 건 이런 성녀와 이미 마주친 경험이 있는 쟈이로벨까지 자신에게 아무런 말도 하지 않고 있었다는 점이었다.

자신의 감각을 공유하고 있는 녀석이라면 지금도 명확하게 아르디아나의 초월적인 기운을 느끼고 있을 텐데 이 순간에도 놈은 한마디도 하지 않고 있었다.

답은 뻔했다.

저 아르디아나와 모종의 합의가 되어 있는 것.

영혼의 단짝이라 여겼던 쟈이로벨이 자신도 모르는 어떤 비밀을 저 성녀와 공유하고 있다는 뜻이었다.

"……쟈이로벨."

-본 마신에게 따지지 마라. 저 여자는 이 쟈이로벨을 언제든지 인간계에서 추방할 수 있는 '존재'다. 온전한 마신의 진마 강체도 아닌 고작 강림체로 내가 뭘 어찌할 수 있었겠느냐?

그러나 루인의 마음은 풀리지 않았다.

어차피 자신과 쟈이로벨은 영혼이라는 매개로 연결되어

있는 영혼공동체.

이처럼 중요한 사실을 숨겨 온 건 쟈이로벨의 확연한 의지가 아니면 설명될 수 없는 일이었다.

-네 기억에 남아 있는 대로 그녀를 상대했다가는 벌써 난 인간계에서 소멸되었을 터. 루인, 그녀를 다시 살펴라. 그녀는 그렇게 쉽게 속일 수 있는 존재가 아니다.

루인의 시선이 다시 아르디아나를 향한다.

초월자라는 점만 빼고는 그 옛날과 달라진 건 아무것도 없었다.

특유의 무심하고 차가운 표정은 여전했고, 감정을 읽을 수 없는 저 눈빛 또한 그 옛날 그대로였다.

스르륵—

부드러운 아르디아나의 손짓이 이어졌다.

그 순간 주변의 기운이 이질적으로 변하고 있었다.

그 신비한 현상이 시간의 변화라는 걸 알아차리는 데는 그리 긴 시간이 필요하지 않았다.

주변의 모든 마법사들의 움직임이 점차 느려지더니 이내 석상처럼 굳어 버린 것.

루인은 너무 놀라서 말조차 나오지 않았다.

쟈이로벨조차 스스로의 목숨을 희생하는 자기희생 주문으로 시공 회귀 마법을 완성했다.

아무리 초월자라지만 섭리(攝理)의 영역인 시간을 통제한다는 건 두 눈으로 직접 확인하고도 쉽게 믿기지 않는 일이었다.

이 정도라면 사념을 통제하는 악제와도 거의 동급이지 않은가?

일단 루인은 먼저 확인할 것이 있었다.

"과거의 성녀와 지금의 당신은 연결되어 있나?"

8년 전.

성녀 아르디아나와 처음 만났을 때 마치 그녀는 자신의 회귀를 알고 있다는 듯한 태도를 보였다.

"시공 회귀는 권능만 주어진다고 모두가 성공하는 건 아니다. 이치(理致), 인과(因果), 율(律)…… 세계의 카르마(Karma)가 허락한 존재만이 가능하다."

한동안 루인은 말이 없었다.

꽤 상세한 설명이었지만 납득이 가는 건 아니었다.

자신의 삶이, 스스로 개척한 운명이 아니라 미지의 존재가 허락한 업(業)에 의해 극복해 온 운명이다?

루인은 그따위 허망한 설명을 인정할 수 없었다.

자신의 운명을 이끌어 준 존재가 있었다면 단 한 번이라도 느낄 수 있어야만 했다.

그러나 악제와의 길고 긴 전쟁 중에서 자신에게 그런 기적을 보여 준 신(神)은 없었다.

"그럼 어째서 날 알고 있는 듯한 말투였지? 과거를 반성하는 듯한 당신의 태도는 무엇이고?"

모호했던 지난날의 태도와는 달리 지금의 아르디아나는 망설이지 않았다.

"기억의 시공 전이(時空轉移)다. 섭리를 부정하진 못해도 기억을 과거로 전송하는 건 내게도 허락된 카르마니까."

과거의 성녀가 겪은 경험과 기억을 모두 전송받았다는 아르디아나의 설명에 루인은 피식 웃음을 터뜨리고 말았다.

사실 그건 시공 회귀와 다를 게 없었기 때문.

과거의 기억을 모두 가진 채 새로운 삶을 살아가는 것과 과거의 기억을 전송받는 것에는 사실 그다지 큰 차이가 없었다.

"말장난이군. 그런 대존재께서 왜 우리 모두에게 정체를 숨겼지? 당신이 초월자이자 '존재'라는 걸 드러냈다면 인류 진영의 작전은 한층 더 수월했을 것이다. 그러나 당신은 이런 엄청난 능력을 갖추고도 고작 사람을 치유하고 예언 따위나 늘어놓는 것에 그쳤다. 왜 그런 거지?"

악제와의 우열을 논할 수는 없겠지만 이 정도로 강력한 권능이라면 충분히 다른 방식으로 도움을 줄 수가 있었을 터.

하지만 그녀는 성녀의 본분 이외에는 다른 방식으로 인류를 돕진 않았다.

곧 아르디아나의 고운 입술에서 모호한 대답이 흘러나왔다.

"그래야만 하니까."

또 이런 식이었다.

중요한 순간, 진실이 필요한 시점이 도래했을 때 그녀는 늘 모호한 태도로 일관하거나 침묵만을 유지했다.

루인은 인류의 영웅으로서 그녀가 선택했던 희생을 높이 사지만, 바로 이런 점 때문에 그녀와 가깝게 지낼 수 없었다.

오늘날의 아르디아나도 예전과 똑같이 행동하고 있었다.

그렇다면 화제 전환.

이번 생에서 가변세계를 경험한 루인은 이미 비밀스러운 초월자들의 세계를 엿보았다.

지난 생과는 전혀 다른 방식으로 성녀에게 접근해야만 했다.

"당신이 이 정도로 강력한 초월자라면 결국 첫 인간 사히바의 초기 제자겠군. 하지만 어떻게 그와 함께 갇히지 않고 인간들의 신으로 남을 수 있었지? 결국 당신은 대신전과 적대 관계인가?"

내내 모호한 침묵, 감정 없는 눈으로 서 있던 아르디아나에게서 처음으로 감정 비슷한 것이 느껴졌다.

분명 그녀는 확연하게 당황한 감정을 드러내고 있었다.

"그대가 어떻게 사히바의 대신전을……?"

"당황해하는 것을 보니 사실인 것 같군."

인간들에게 신으로 알려져 있는 '존재'들이 대신전의 적이란 루인의 추측은 이 정도면 명확해졌다.

저 아르디아나에게서 사히바와 맞먹는 존재감이 느껴진다.

대신전이 고수하는 원칙대로라면 '존재'들도 모두 가변세계에 가둬야 했지만 그 '존재'들이 너무 강해져 버린 것.

특히 창조신의 권능, 즉 빛을 다루는 능력을 깨우친 '존재'들은 감히 천사들도 감당할 수 없었다.

"혹시…… 그대인가?"

"뭘?"

"얼마 전부터 대신전의 존재감이 사라졌다는 것을 느끼고 있었다."

루인이 싱긋하고 웃었다.

"가변세계 자체를 붕괴시킬 순 없었지. 하지만 대신전을 해체하고 초월자들을 모두 해방했다."

아르디아나의 혈색이 창백해졌다.

가공할 권능을 지닌 초월자들이 한꺼번에 해방되다니!

더구나 그들을 통제할 수 있는 유일한 대신전이 해체됐다면, 어쩌면 인간 세계에 지옥이 펼쳐질 수도 있는 일이었다.

"걱정 마. 그들은 한 명도 빠짐없이 모두 평범한 인간이 되었다."

아르디아나는 루인의 앞선 모든 설명보다 더욱 놀라고 있었다.

루인의 말이 사실이라면 그건 창조주의 명백한 개입으로밖에 설명할 수 없었기 때문.

공의(公義)의 창조주.

그런 그가 자신의 의지를 직접 투사하는 행위란 인류의 창세 이래에 몇 번 없었던 일이었다.

고작해야 한두 번 정도?

그와 가장 가깝다고 자부하는 아르디아나조차 그가 가변세계를 창조했을 때를 제외하면 그 존재감을 느낀 적이 없었다.

루인을 바라보는 아르디아나의 눈빛이 달라져 있었다.

이제야말로 확실해진 것.

시공 회귀도 그렇고 창조주의 개입도 그렇고 저 대마도사는 신의 의지를 분명하게 대리한다.

어느덧 아르디아나의 말투는 공손하게 변해 있었다.

"그들은 지금 어디에 있죠?"

뭔가 아르디아나의 분위기가 변해 버렸지만 루인은 굳이 내색하지 않았다.

초월자라는 걸 확인한 이상 더 이상 그녀는 과거의 성녀 따위가 아니다.

무슨 수를 써서라도 그녀의 확실한 개입을 이끌어 내야 했다.

"사히바를 비롯한 몇몇 초월자들은 내가 통제하고 있다. 나머지는 각자의 인연이 닿아 있는 곳으로 돌아갔지."

"……."

"난 그들 모두에게 악제의 도래를 밝혔다. 그들은 파멸(破滅)

148 하이페른가의 대공자 12

을 준비할 것이다."

"그건……!"

초월자들에게 악제의 존재를 밝혔다는 대목에서 아르디아나는 무척 놀라고 있었다.

그것은 그녀가 지금까지 대비해 온 일에 변수가 생겼다는 뜻이기 때문.

"이제 나도 질문하지. 당신 말고도 악제를 대비하고 있는 다른 '존재'들이 있나?"

잠시 침묵하고 있던 아르디아나가 결심한 듯 고아하게 눈을 반개했다.

"있어요."

"누구지?"

"이알스토와 헤타르아."

아르디아나의 입에서 흘러나온 이름들은 그 면면이 엄청난 존재들이었다.

전쟁의 신, 헤타르아.

대장장이의 신, 이알스토.

그들 모두가 대륙 곳곳에 존재하는 신성한 성전에서 추앙받는 인류의 고대 신들이었다.

그러나 루인은 의심스러웠다.

지금 그런 일이 일어나고 있다면 과거에도 존재들의 개입이 있었다는 뜻이나 마찬가지.

사히바와 맞먹는 아르디아나를 비롯해 그런 쟁쟁한 '존재' 들의 개입이 있었는데 그렇게 쉽게 인류가 멸망했다고?

아무리 악제가 군단을 이끌고 있다고 해도, 이러한 초월자 연합이 과거에도 있었다면 정말 말이 되지 않는 결과였다.

"과거…… 당신들에게 무슨 일이 있었던 거지?"

아르디아나의 고운 얼굴에 말할 수 없는 슬픈 감정이 서린다.

회한으로 가득한 그녀의 표정을 살피며 루인은 그저 말없이 기다렸다.

이런 일은 기다려야 한다는 것을 대마도사는 알고 있었다.

Chapter. 87

한참이 지난 후.

"모두가 인간을 사랑했던 건 아니니까요."

그때, 루인의 영혼에 스며들어 있던 쟈이로벨이 강림체로 현신하며 나타났다.

스르르르르—

< 일부 '존재'들이 악제군에 투신했다. >

"뭐……?"

〈오히려 인간 측을 지원하는 '주신 알테이아' 측보다 더 많은 존재들이 악제와 뜻을 함께했지.〉

이글거리는 혈우(血雨), 피로 물든 광기의 눈동자가 루인을 직시했다.

〈저 알테이아는 그들의 눈을 피해 숨을 수밖에 없었다. 그렇게 선택한 운명이 바로 가공의 인물 성녀(聖女)지. 만약 그녀가 초월자로 나섰다면 악제에 의해 곧바로 처참한 소멸을 당했을 것이다.〉

루인은 말을 잇지 못했다.

그저 말할 수 없는 슬픔으로 아르디아나를 바라볼 뿐이었다.

성녀는 루인에게 '존재' 따위가 아니었다.

함께 무거운 짐을 짊어진 채 버티고 버텨 내던 대마도사의 동료였다.

그래서 루인은 그녀의 핑계가 마음에 들지 않았다.

그녀에게 또 다른 적이 있었다면 영웅들에게 그 일을 상의해야 했다.

동료들을 믿지 않고 모든 짐을 스스로 짊어진 건 오직 그녀의 선택.

때문에 루인은 굳이 책임감을 느끼지 않았다.

다만 그녀의 외로운 판단에 조금은 가슴이 아릴 뿐이었다.

알테이아(Ar-tair).

인간들에게 가장 드높은 주신(主神)으로 알려진 존재.

그러나 어찌 보면 사히바와 동시대를 살아온 저 대존재도 고작 한 명의 인간일 뿐이라는 생각이 들었다.

지금도 저 아르디아나는 자신이 성녀로 활동하고 있음이 세상에 알려질까 두려워, 저렇게 작은 숨소리로 공포에 잠긴 눈빛을 하고 있다.

새삼 악제를 향한 분노가 온 마음으로부터 들끓었다.

그렇게 루인은 참을 수 없는 분노로 갈증을 느끼다 길게 한 숨을 내쉬었다.

"후…… 그래. 위험을 무릅쓰고 다시 내 앞에 나타난 이유가 뭐지?"

"이곳도 제 의지대로 수습할 수 있도록 내버려 두세요."

인상을 찡그리는 루인.

성녀 아르디아나는 또다시 하이렌시아가 때처럼 자신의 활동을 막으려 하고 있었다.

아무것도 설명해 주지도 않고 다짜고짜 뒤로 빠져 있으라는 요구는 한 번이면 족했다.

루인의 표정이 차갑게 굳었을 때 아르디아나의 고운 입술이 다시 달싹였다.

"이미 당신으로 인한 혼란이 큰 변수가 되었어요. 계획한 일들이 무너지고 있습니다."

"과연 당신이 모질 수 있을까?"

"네?"

"내 방식대로라면 렌시아, 아니 오랜 세월 그들을 돕던 타이탄 일족까지 모조리 멸했을 것이다. 정말 당신이 그런 일을 할 수 있었다고?"

주신은 드래곤 일족을 거느리며 또 수호해 온 존재.

그런 드래곤들을 죽여 얻은 부산물로 종족의 번영을 유지해 온 타이탄 일족이 하이렌시아가에 숨어 있었다.

그녀가 드래곤의 수호자인 주신 알테이아라면 은막의 뒤에서 하이렌시아가의 혈족들을 조종해 온 타이탄들을 반드시 징벌해야 하는 것이다.

하지만 기본적으로 성녀는 무르다.

저 차갑고 무심한 표정 속에 누구도 헤아릴 수 없는 사랑을 숨기고 있었다.

그런 따뜻한 성녀가 어떤 치밀한 일을 벌이고 있던 대마도사의 마음에는 차지 않을 것이다.

"나는 일어난 일로만 판단한다. 내 우려대로 렌시아가는 끝내 명맥을 유지한 채 이 닥소스가의 봉신가로 귀화했다. 그게 당신이 한 일이지."

"고작 권력의 이동 따위가 우리의 대의에 무슨 의미가 될 수 있겠어요. 중요한 건 악제, 그의 추종자들을 뿌리 뽑고 악의 발아(發芽)를 저지하는 일이에요."

"……저지?"

루인은 이해할 수 없었다.

자신보다 훨씬 오랜 세월 동안 인간의 문명을 지켜본 자가 인간의 속성, 그 욕망의 본질을 이해하지 못하고 있다니.

"아르디아나. 추종자들을 미리 뿌리 뽑아 놈의 계획을 비틀어 놓는 건 가장 단순한 수다."

"……."

"핵심은 인간의 욕망이다 아르디아나. 놈은 인간의 욕망을 비집고 들어가 사념을 통제한다. 그래서 사람들의 욕망이 향하는 방향을 우리가 이끌어야 해."

루인은 현시대의 인간들이 추구하는 욕망의 방향을 비틀어 놓았다.

천문학적인 물량의 마정석으로 베나스 대륙의 경제에 지각 변동을 일으켜 버린 것이다.

천금보다 귀한 마정석이 거리에 넘쳐 나니 많은 사람들이 부유해졌고, 거기에 지혜를 염원해 온 사람들의 마음 역시 채워 준 것.

사람들은 더 이상 마정석을 갈망하지 않는다.

마정석을 통제하며 권력을 유지하고 있던 가장 거대한 권력인 국가의 힘까지 빼앗았다.

악제는 당황스러울 것이다.

뒤틀린 욕망으로 가득해야 할 음습한 세계가 갑자기 건강한 욕망으로 밝아져 버렸으니까.

앞으로 사념 통제는 더욱 어려워질 수밖에 없다.

당연히 악제의 군단으로 귀화할 인간들의 수도 훨씬 줄어들 터였다.

그러나 아르디아나의 얼굴은 납득한 표정이 아니었다.

이건 틀리고 맞고의 문제가 아니라 각자 다른 삶의 방식을 추구하는 다름의 문제였다.

루인도 물러나지 않았다.

"기억을 전송받았다면 알고 있겠지. 그 빌어먹을 벌레를. 그 벌레가 당신이 있는 이곳에서 태어나고 있다는 것을 알고 있었나?"

"물론이에요. 제가 모든 일을 끝내고도 굳이 이곳에 남아 있는 이유입니다."

"어떻게 처리할 생각이었지?"

"이미 많은 협력의 고리를 끊었어요. 이들이 게드리아 왕국에 목을 매기 시작한 건 그 때문입니다."

"그래서 막았나?"

아르디아나는 대답하지 못했다.

루인은 참아 온 질문을 연이어 물었다.

"애초에 타이탄 일족은 어떻게 했지? 드래곤의 사체를 먹으며 연명하던 놈들을 당신이 과연 멸족으로 이끌었을까?"

아르디아나의 무딘 방식은 성공한다고 해도 시간이 오래 걸린다. 또한 개운하지도 않을 것이다.

가장 큰 문제는 아르디아나가 직접 악제를 겪은 당사자는 아니라는 점이다.

기억은 단편적이지만 경험은 구체적이다.

자신과는 달리 오직 기억으로만 악제를 파악하고 있는 아르디아나는 아무래도 피동적일 수밖에 없었다.

그 차이는 생각보다 컸다.

"이곳에서 물러나. 그리고 다신 내 앞을 막지 마."

쿠쿠쿠쿠쿠!

초월자의 권능, 루인의 잿빛 기운이 시간의 연속을 방해하고 있는 아르디아나의 권능을 압박한다.

소스라칠 정도의 파괴적인 기운에 아르디아나의 안색이 창백해진다.

온 세상을 파괴할 것만 같은 거대한 분노가 루인의 잿빛 권능에 고스란히 담겨 있었다.

대마도사의 권능은 생각 이상이었다.

"멈춰요! 결국 악제가 당신의 존재를 느낄 거예요!"

"이미 난 놈을 만났어."

권능의 깊이는 아르디아나 쪽이 훨씬 깊었지만 애초에 성녀의 권능은 치유력에 치우쳐져 있었다. 파괴력만큼은 흑암의 공포를 따라잡을 수가 없는 것이다.

악착같이 버티고 있는 아르디아나를 향해 쟈이로벨이 자신의 강림체를 해제하며 악마처럼 웃었다.

-포기해라 알테이아. 녀석은 발카시어리어스 님을 상대로도 도박을 일삼던 인간이다.

절대악 발카시어리어스에게 협박을 일삼던 인간이 주신 따위에게 물러설 리가 없다.

설사 이 자리에 창조자가 현신한다고 해도 저 광기의 대마도사를 막을 수는 없을 것이다.

마침내 루인의 눈동자가 인간의 빛을 잃고 완전한 잿빛이 되었을 때 다시 시간이 흐르기 시작했다.

가장 먼저 아르디아나의 귓전을 때린 건 거대한 폭발음이었다.

콰아아아아아아아아아앙—!

잿빛이 닥친 곳엔 오직 파괴뿐이었다.

아르디아나의 허무한 눈동자가 스르르 움직인다.

닥소스가가 자랑하던 디스트럭션 캐논은 형태조차 남아 있지 않았다.

그렇게 강력한 제국의 마장기를 상징하던 모든 증거가 사라졌고, 남은 건 오로지 사지가 잘린 채 비틀거리는 아크 골렘 두 기뿐이었다.

디스트럭션 캐논과 아크 골렘을 운용하던 마법사들에게는 그 모든 상황이 찰나.

수석 지휘관 브루노가 핏발 선 눈으로 필사적으로 외친다.

"죽여라! 육탄으로라도 적을 막아!"

그것이 그의 마지막이었다.

"……!"

브루노가 서 있던 자리에 핏물이 흘러내렸다.

인간의 육체가 분쇄된 흔적도 소음도 없었다.

아직 그의 음성이 떨친 메아리가 끝나지도 않았지만 그는 그렇게 핏물로 변해 버렸다.

"수, 수석 지휘관님—!"

황급히 수인을 맺으며 루인에게 짓쳐 들던 마법사들도 함께 죽음을 맞이했다.

그제야 마법사들은 깨달았다.

상대가 자신들의 적의(敵意)에 반응하고 있다는 것을.

인간의 본능은 그 무엇보다 빨랐다.

털썩.

털썩.

극한의 공포, 무저갱과 같은 잿빛의 눈동자 앞에서 모두가 무릎을 꿇었다.

닥소스가의 자부심, 마도(魔道)의 차가운 이성 같은 건 더 이상 남아 있지 않았다.

천천히 걷던 루인이 무심하게 그들을 지나친다.

굴욕감도 패배감도 없었다.

그저 끓어야만 살 수 있다는 본능만이 뇌리를 지배하고 있을 뿐.

눈 깜빡할 사이에 디스트럭션 캐논을 가루로 만든 존재에게 대항할 방법 따윈 애초에 없었다.

루인의 잿빛 눈동자가 다시 물끄러미 아르디아나를 향한다.

그 음울한 두 눈에 담긴 질문에 아르디아나는 감히 대답할 수 없었다.

"어떻게……."

어떤 감정도 없이 인간을 해할 수 있는 자.

대마도사는 미래의 자신이 보내온 기억과는 확연하게 달랐다.

더 이상 그는 인류를 위해 발버둥 쳤던 몰락한 영웅이 아니었다.

"이것이 나다. 아르디아나."

"……당신은 불행한 사람이군요."

"그럴지도."

인간을 지키기 위해 돌아온 자가 그 목적을 위해 인간을 해하는 이율배반.

하지만 파멸을 막기 위해선 루인은 이보다 더한 짓도 할 수 있었다.

흘릴 눈물도 슬퍼할 감정도 모두 휘발되고 풍화되어 버린 잿빛의 마법사는 오직 하나의 목적만 상기하고 있을 뿐이었다.

"혐오해도 좋아."

루인에게도 이것은 도박이었다.

자칫 성녀의 협력을 잃을 수도 있는 행위.

눈앞의 성녀를 잃게 된다면 앞으로의 계획에 무한한 차질이 빚어질 터였다.

그럼에도 꼭 해야만 하는 일이었다.

여기서 대마도사의 방식을 이해시키지 못한다면 그녀와 함께 한 발도 내디딜 수 없었다.

그때 월켄과 시르하, 루이즈가 도착했다.

월켄이 뎀프를 등에 업은 채로 무심하게 물어 왔다.

"네가 말한 트랩은 모두 없앴다."

루인이 루이즈를 느릿하게 바라봤다.

< 몇 명의 마법사들이 방해했지만 큰 무리는 없었어요. 더 이상의 방해 인자는 없어요. 다만 황실의 지원 병력이 오고 있는 것 같아요. >

그 말은 이제 공간 이동이 가능하다는 의미.

루인이 딛고 있던 바닥에 눈부신 공간 이동진이 생겨났을 때 월켄의 목소리가 다시 이어졌다.

"우리의 얼굴을 본 자들이 너무 많다. 괜찮은가?"

월켄의 그 말에 무릎을 꿇고 있던 마법사들의 얼굴이 일제히 창백해졌다.

히죽 웃는 루인.

"최초의 사건은 꽤 편한 법이지."

이들은 이제 제국에서 활동하고 있는 주요 인물들의 몽타주를 모조리 수집하여 비교할 것이다.

그럼에도 꼬리를 잡지 못하면 결국 주변 왕국으로 퍼져 있던 첩보원들까지 모두 소집하여 조사할 것이다.

닥소스가가 자신과 동료들의 정체를 파악하고 모든 일의 전모를 알아차렸을 땐 남부의 방벽이 완성되어 있을 터.

오히려 그때가 되면 하이베른가의 대공자라는 신분을 드러내어 활동할 생각이었다.

〈루인 님! 그녀를······!〉

아르디아나의 감정, 시리도록 슬픈 그녀의 마음에 루이즈는 쉽게 공간 이동진에 오르지 못하고 있었다.

루인도 느끼고 있었다.

아직 인류의 성녀(聖女)는 준비가 되지 않았다는 것을.

"다시 만나게 될 거야."

화아아아아아악―

싱긋 웃으며 아르디아나에게 손인사를 건네던 시르하가 희미한 잔상만을 남기고 사라졌다.

뒤늦게 닥소스가의 최정예 마도사들이 도착했을 땐 성녀는 사라지고 없었다.

닥소스가의 정예 마도사들은 어지럽게 널려 있는 마장기의 잔해만을 망연자실하게 바라볼 뿐이었다.

어느덧 구붓한 달이 교교한 얼굴을 드러내고 있었다.

닥소스가의 대회의실 내부.

원로원의 고위 혈족들, 8대 봉신가의 가주들과 그들을 수호하는 노블 메이지(Noble Mage), 또한 각각의 마법 병단을 지휘하는 현자급 마도사들, 거기에 마장기를 운용하는 특무대의 지휘관들까지 모조리 소집되어 있었다.

이처럼 가문의 주요 인물들이 빠짐없이 모인 것은 닥소스가의 역사에 몇 번 없었던 일.

그만큼 이번 일은 닥소스가가 창립된 이래 가장 충격적인 대사건이었다.

이번 대회의의 주재자인 에드윌은 현장 곳곳의 참상이 담겨 있는 수정구 속을 살피며 심각한 얼굴로 굳어 있었다.

마나 열상에 의해 찍힌 장면이라 선명하진 않았지만 현장의 참혹함은 생생하게 느낄 수 있었다.

그런 숨 막힐 것만 같은 침묵을 뚫고 원로원의 최고 권위자인 비르제노 현인(賢人)이 입을 열었다.

"가주를 죽음에 이르게 한 사인은 무엇인가?"

닥소스가의 가주 브루윌의 하나뿐인 동생 에드윌.

그가 분개하며 이를 깨물고 있을 때 가주의 시체를 살펴본 검안 담당의가 두려움에 떨며 입을 열었다.

"……다발성 척추 손상이 사망의 가장 큰 원인입니다. 안구의 혈액이 아직 응고되지 않은 것으로 보아—"

"의식이 살아 있는 채로 척추가 뽑혔다는 말이군."

"그, 그렇습니다."

그 순간 대회의장에 마나의 격류가 몰아쳤다.

일부 혈족들이 마력을 통제하지 못하며 솟구치는 분노를 드러내고 있는 것이다.

"분명 게드리아의 마도학자 따위가 아닐 것이다. 우리 닥소스가의 가주를 살해해 봤자 그들에겐 아무런 이득이 없어. 대체 누구란 말인가?"

알칸 제국의 최장기 현자로 이름 높은 비르제노 현인이었다.

제국을 위협해 온 사건들을 수도 없이 경험한 그에게도 이번 일은 논리적으로 납득이 되지 않는 일이었다.

게드리아와의 국경은 황도에서 불과 반나절.

경제적으로 보나 군사적으로 보나 그들은 어떤 인접국들보다도 알칸 제국에 완벽하게 종속되어 있었다.

그들에겐 이런 자살행위에 가까운 사건을 벌일 어떤 이유도 없었다.

"남부의 열국 중 하나가 아닐는지? 세작들의 보고에 의하면 작년부터 남부의 움직임이 심상치 않았습니다."

"어찌 됐든 마장기의 카운터라 할 수 있는 우리의 비밀 도해가 유출되었네. 게드리아 왕국 이외의 다른 놈들이 알아 버렸단 말이지."

가주를 살해한 자는 비밀 도해를 불태우고 떠났다.

도해를 태웠다는 건 그 존재를 확인했다는 뜻.

그게 누구든 마장기를 무력화할 수 있는 술식 도해의 존재는 더 이상 비밀이 아니었다.

이제 세상은 자신들의 계획을 대비할 것이다.

"그래도 게드리아 쪽을 파 봐야 합니다. 게드리아의 마도학자로 침입했으니 분명 어떤 관련이 있을 것입니다."

날카로운 눈빛을 빛내며 자신의 의견을 밝히는 남자는 최고의 마법 병단이라는 제3 마법 병단의 지휘관 마제로스.

그러나 비르제노 현인은 차갑게 고개를 가로저을 뿐이었다.

"허면 가주가 살해당한 사건을 정식으로 조사를 해야 그 명분으로 게드리아를 압박할 수 있을 텐데, 우리 스스로가 진(Jin) 놈들에게 먼저 약점을 노출하잔 말인가?"

가주의 결위(缺位).

강대한 경쟁자인 진 가문이 이 절호의 기회를 놓칠 리가 없다.

게다가 닥소스가 위임 운용하고 있던 제국 소유의 마장기, 디스트럭션 캐논까지 잃었다.

그 모든 일을 저지른 범죄자를 잡기는커녕 추적하는 것조차 실패해 버렸으니 이 일은 두고두고 자신들의 치부가 될 터.

이 모든 일들이 황도에서 직접적으로 논의된다는 건 상상조차 하기 싫은 비르제노 현인이었다.

"공식적인 해결은 불가능하다. 오직 우리 힘만으로 놈을 잡아야 해. 놈을 직접 목격한 자들은 모두 소환하였는가?"

"지금쯤이면 도착해 있을 겁니다."

"들라 하라."

잠시 후, 수석 지휘관 브루노와 그의 부하들이 집행관들에게 끌려 왔다.

불과 얼마 전까지만 해도 제국의 마장기를 운용하는 수석 지휘관이었던 그의 몰골은 가히 참혹 그 자체였다.

아크 메이지들의 수장으로 내정되어 있던, 닥소스가 최고의 재능을 자랑하던 마법사가 사상 최악의 죄인이 되어 나타난 것이다.

브루노는 대회의실 내부의 엄중하고 살벌한 분위기에 질려 버린 듯 연신 온몸을 떨고 있었다.

"그대가 수석 지휘관 브루노인가."

비르제노 현인의 목소리는 비록 조용하고 차분했지만 그의 분노한 감정은 역력하게 드러나 있었다.

"그, 그렇습니다."

살해된 브루윌의 동생 에드윌이 분개하며 그의 목을 졸랐다.

"컥!"

"놈이 디스트럭션 캐논을 파괴한 수법에 대해 빠짐없이 고하라! 놈의 출신과 신분을 유추할 수 있는 점을 모두 말하란 말이다!"

이미 한 차례 살벌한 조사가 있었지만 큰 수확은 없었다.

참상의 가운데에 있었던 마법사들은 하나같이 횡설수설했고 설명도 제각각, 느낀 점도 제각각이었다.

"저, 정말 진술한 그대로입니다! 절대로 더하거나 빼지 않았습니다!"

조사 보고서를 묵묵히 살피고 있던 비르제노 현인은 마법사들이 작성한 진술에 당황한 감정을 고스란히 드러냈다.

"적이 무슨 수법으로 디스트럭션 캐논을 파괴했는지를 본 사람이 아무도 없다? 그대도……?"

브루노는 현자급의 마법사.

즉, 초인을 완성한 인간이었다.

그런 그의 안목으로도 살필 수 없는 경지라면 대체 상대가 얼마나 강하다는 소린가?

"저, 정말입니다! 잠시 염동력이 이어지지 않는 것만 같은 느낌이 들었고, 그 후 거대한 충격파가 닥친 것이 제가 경험한 현장의 전부입니다!"

횡설수설하는 마법사들에게 공통적인 특징이 있다면 바로 저 설명이었다.

잠시 염동력이 이어지지 않았다는 것.

염동(念動)이란 건 한 마법사의 생각을 구체화하는 '마음의 힘'이었다.

그러므로 염동은 술식이 디스펠당하는 것과는 달리 파훼, 즉 방해받을 수가 없다.

한데 지금 이 죄인들은 사람의 생각 자체, 그런 염동이 막혔다고 주장하고 있는 것이다.

"……그게 말이나 되는 소린가?"

사람의 생각을 방해하는 것이 가능하다면 상대는 신(神)이다.

그렇다고 저 증언을 무시할 수는 없었다.

극한의 고문 속에서 굳이 거짓말로 죽음을 앞당길 이유가 없지 않은가?

"트, 틀림없습니다! 저는 분명 모든 염동력을 끌어올려 상황을 주시하고 있었습니다! 분명 염동력이 이어지지 않는 느낌이 들었고, 그렇게 잠시 정신을 잃었던 이후에는 모든 상황이 끝나 있었습니다!"

"잠깐."

비르제노 현인의 두 눈에 이채가 서렸다.

지금까지 브루노에게서 한 번도 들어 보지 못한 새로운 표현이 등장한 것이다.

"방금 그 급박한 상황에서 정신을 잃었다고 했나?"

미친 듯이 고개를 끄덕이고 있는 브루노.

"그, 그렇습니다!"

브루노의 서술을 빌리자면 참상 당시 적의 움직임은 찰나였다.

한데 그런 급박한 상황에서 염동력이 끊기고 정신을 잃었다는 느낌을 선명하게 받았다?

그렇게 비르제노 현인의 안색이 창백해졌을 때 원로원의 또 다른 고위 혈족, 게게로아 현인이 신음성을 흘렸다.

"비르제노…… 설마 이건……?"

"틀림없네."

"그럴 수가!"

한 인간의 생각이 무너질 정도의 정신 왜곡.

초를 쪼개는 찰나의 순간에도 정신을 잃었다는 느낌을 선명하게 받을 정도의 이질감.

그것은 자연의 절대적인 법칙, 즉 섭리가 붕괴될 때의 전형적인 전조(前兆)였다.

"틀림없는 시간 왜곡일세. 게게로아."

섭리란 말 그대로 신의 섭리.

실제로 그런 일을 겪은 마법사는 존재할 수가 없었다.

다만 저 브루노가 겪은 일은 모든 고대의 마도서에서 기록하고 있는 현상과 유사했다.

또한 현장에 있었던 마법사들의 증언은 '시간 왜곡'이라는 퍼즐 하나로 모든 앞뒤를 설명할 수 있었다.

"······초월자라도 등장했단 말인가?"

무시무시한 가정.

인류의 역사에 몇 차례 초월자가 등장했다는 기록은 있었으나 그 모든 기록은 허망할 정도로 신화적이었다.

그런 고대의 기록이 모두 사실이라면 초월자는 그 존재만으로 국가 이상의 파괴력을 지닌다.

비르제노는 피가 나도록 입술을 짓씹었다.

"시간을 왜곡할 수 있는 존재······."

가공할 권능.

이 물질계에 초자연적인 현상을 불러일으킬 수 있는 존재의 등장이 사실이라면, 홍수는 더 이상 단순한 적이 아니었다.

"그런 일이 정말 가능하다고 보십니까?"

가문의 원로들이 주고받는 대화를 모두 듣고 있던 에드윌이었지만 그는 쉽사리 인정할 수가 없었다.

그런 건 현 세계에서 초월자에 가장 가까운 인간 '유일 기사 브라가'에게도 불가능할 터.

어느 정도 현실감이 있어야 받아들일 수 있을 텐데, 그런 원로들의 추측은 마도에 몸을 담고 있는 마법사로서는 도저히 받아들일 수 없는 수준이었다.

그때.

푸른 불꽃이 피어난다.

화르르르르—

분명한 인간의 눈인데 그런 곳에서 이글거리는 청염(靑炎)이 깨어나고 있었다.

"그대는?"

닥소스가에 합류한 새로운 봉신가, 렌시아가.

렌시아가의 가주 레페이온은 그 분위기가 완전하게 달라져 있었다.

비르제노 현인을 바라보며 비릿하게 웃고 있는 레페이온.

"……재밌군."

그저 슬며시 입술을 비틀었을 뿐인데 대회의실에 있는 모든 사람들의 등줄기가 서늘해진다.

청염에 완전하게 잠식된 레페이온은 8년 전과는 완벽하게 다른 존재가 되어 있었다.

에드윌이 추상처럼 그를 꾸짖었다.

"지금은 그대 따위가 함부로 나설 자리가 아니다!"

이용 가치 때문에 봉신가로 받아 주었을 뿐 닥소스가의 혈족들 대부분은 르마넬 왕국을 배신하고 비굴하게 제국에 귀화한 렌시아를 경멸하고 있었다.

아렐네우스 황제의 황명이 아니었다면 저런 자들을 봉신가로 받아 주는 일 따윈 애초에 없었을 것이었다.

"나는 놈을 알 것 같은데."

"뭐라……?"

쥐 죽은 듯이 숨죽이고 있던 렌시아가의 가주가 갑자기 다른 인간이 된 것처럼 변해 버렸다.

하지만 에드윌은 적을 알고 있다는 레페이온의 말에 더욱 집중하고 있었다.

츠츠츠츠츠—

레페이온이 수인을 맺자 새파란 귀화(鬼火)가 뻗어 나가더니 이내 죄인들을 감쌌다.

여전히 비릿하게 웃고 있는 레페이온은 그들의 몸에 남아 있는 잔존 마나를 아무렇지도 않게 추출하고 있었다.

"……재(灰)라."

참으로 놈과 어울리는 기운.

그렇게 알 수 없는 미소로 서 있던 레페이온이 이내 좌중을 향해 입술을 달싹였다.

"마력도 투기도 아닌 이질적인 권능. 더없이 순수한 증오의 활기. 추측할 수 없는 염동의 잔재. 틀림없군. 놈은 대공자다."

초고위 마도학자들의 마나 스캔을 통해 술식을 추적하는 모습을 본 적은 있어도 마력의 잔재를 통째로 추출할 수 있다는 건 듣지도 보지도 못했다.

그것은 초고위 현자라 자부하는 비르제노 현인에게도 불가능한 것이었다.

"대공자라니 그게 누구란 말인가?"

"베른."

"베른……?"

들어 본 적이 있었다.

비르제노 현인의 얼굴은 금방 의문으로 휩싸였다.

"적이 그 공작가의 대공자란 말인가?"

그것은 르마델 왕가와 함께 천 년 역사를 함께 써 내려간 한 가문의 이름이었다.

사자의 가문, 하이베른.

레페이온이 소름이 끼치도록 투명하게 웃었다.

"놈을 잡고 싶다면 나를 도와라."

"이, 이, 건방진!"

퍼어어어어억!

결국 참지 못하고 마력을 끌어올리며 술식을 전개하던 에드월이 저만치 날아가 벽에 처박힌다.

가주 브루월을 제외하면 그는 이 닥소스가에서 최고 가는 마도사였다.

레페이온이 무심하게 손을 털다가 다시 비르제노 현인을 향해 입매를 비틀었다.

"내게 협력할 기회는 지금뿐이다. 더 이상은 없을 거야."

이미 레페이온은 렌시아가의 가주 따위가 아니었다.

군단장 레페이온.

루인의 전생에서는 존재조차 하지 않았던 인물이 새롭게 탄생한 것이다.

닥소스가의 마법사들이 하이렌시아가를 탐탁지 않게 여긴 보다 근본적인 이유는 그들이 바로 검가(劍家)라는 것에 있었다.

역사 이래 마도 가문이 아닌 검가를 봉신가로 품은 것은 처음 있는 일.

한데 하이렌시아가의 환상검은 뭔가 달라져 있었다.

아니 그건 환상검이라고 할 수조차 없었다.

에드월을 간단하게 쓰러뜨린 레페이온의 검에서는 어딘가 모르게 이 세상의 것이 아닌 것 같은 괴이한 이질감이 느껴졌다.

특히 저 푸른 불꽃.

소름 돋는 푸른 광채가 검 전체에 서려 있다.

마치 그건 명계의 귀화(鬼火).

닥소스가의 마법사들은 그런 푸른 불꽃을 보는 순간 영혼이 진탕되는 느낌마저 받고 있었다.

의식을 잃어 가는 에드윌을 확인한 고위 혈족들이 이성을 잃고 마력을 끌어올리자 비르제노 현인의 늙수그레한 목소리가 들려왔다.

"그만. 그만들 하시게."

비르제노 지스 에엘드 닥소스.

그는 자타가 공인하는 닥소스가의 최고위 원로였다.

전대도 아니고 전전대 가주를 보필하던 아크 메이지 마법병단의 수장.

그가 무서운 것은 고절하고 드높은 마도보다 압도적인 경험에 있었다.

비르제노 현인은 레페이온의 검에 담긴 가공할 기운, 섭리를 비틀어 버릴 정도의 이질적인 권능을 직시하고 있었다.

놈은 더 이상 기사(Knight)가 아니었다.

악마적인 무언가에 먹혀 버린 괴물 그 자체였다.

"한낱 그대의 검 하나로 닥소스가 전체를 상대할 수 있겠는가."

고작 봉신가의 가주 따위가 닥소스가의 혈족들을 상대로 협력할 기회를 주겠다며 도발했다.

닥소스가에게 그만한 굴욕을 선물하겠다고 운운했을 땐 놈의 힘은 만용이 아니라 실체적인 역량이어야 했다.

아무리 괴물로 변했어도 닥소스가 전체를 상대할 수는 없었다.

"닥소스? 글쎄. 물론 만만하진 않겠지만 혼자 움직인다면 불가능한 것도 아니지. 그대들이 늘 진(Jin)보다 한 수 아래인 건 바로 그 때문이지 않나?"

검과 마도는 일종의 상극이다.

다수 대 다수의 전투 양상이면 몰라도 교란이나 침입과 같은 특수한 상황에서는 검술이 언제나 압도적으로 유리했다.

지금 레페이온은 그런 마도의 취약한 지점을 말하고 있는 것이다.

"지금도 고작 한 놈 때문에 제국 최고의 마도 가문이라고 자부하던 당신들이 이렇게 굴욕을 당하고 있지 않나? 그런 일이 또 한 번 일어나지 않으리란 법도 없고 말이지."

"하지만 우리 닥소스는 끝내 상대를 무너뜨리지."

마장기.

세계의 질서를 주름잡던 기사단을 무력화시킨 절대적인 마도 병기.

그 마장기 덕분에 대부분의 국가에서 기사 세력이 쇠퇴하고 있었다.

비르제노 현인은 그런 마도 괴물을 탄생시킨 집단이 다름 아닌 닥소스라는 것을 강변하고 있는 것이었다.

"과연 당신들의 마장기가 '유일'에게도 통할까?"

기분 나쁘게 히죽거리는 레페이온은 분명하게 브라가를 말하고 있었다.

브라가(Braga).

그는 십 년 전에도 오십 년 전에도 백 년 전에도 초인이었다.

사실상 그가 살아온 세월이나 수명에 대해서 자세히 아는 자들은 거의 없었다.

이미 수십 년도 전에 상위 초인의 경지를 돌파한 위대한 기사.

때문에 역사가들은 가늠할 수 없는 그의 검술에 '유일'이라는 최초의 칭호를 헌정했다.

어떤 이들은 이미 그가 초월자의 경지를 이뤘다고 주장하기도 했다.

"그 무시무시한 마장기를 탄생시키고도 단 한 명의 기사 때문에 당신들은 언제나 2인자 신세지. 그걸 안다면 내 검을 보고 함부로 지껄이지 못할 거다."

"괴이한 주장이로군."

레페이온의 주장은 그의 검술이 유일 기사 브라가의 경지와 비슷하거나 강해야만 성립된다.

근원을 알 수 없는 이질적인 기운이 느껴지긴 했지만, 그렇다고 그의 검이 브라가와 비견된다는 건 터무니없는 소리.

'유일'이라는 제국 역사상 최고의 영애는 아무에게나 헌정되는 것이 아니었다.

"냉정한 흉내를 내 봤자 어차피 당신도 그 가소로운 명예와 오만이 뼛속까지 스며든 닥소스다."

레페이온의 말은 거기까지였다.

츠르르르르르—

이질적인 권능, 명계의 푸른 불꽃이 다시 한번 너울거린다.

살아 있는 모든 것을 심판하는 푸른 불꽃.

불꽃이 몸에 닿는 순간 절망적인 고통이 시작된다.

상상도 할 수 없는 작열감, 몸 전체가 타는 듯한 그 극렬한 고통은 인간의 언어적 수사로는 도저히 표현이 불가능한 것.

하나 고통스러운 의식을 유지하는 것조차 찰나에 지나지 않았다.

금방 시야가 허물어지며 의식이 꺼져 버렸기 때문.

소음도 파괴력도 느껴지지 않는 명계의 푸른 불꽃은 그저 조용히 증식에 증식을 거듭하며 대회의실에 있는 모든 마법사들을 그렇게 증발시켰다.

두 다리로 서 있는 건 오직 비르제노 현인뿐이었다.

"……."

그 장면은 노회한 마도사의 차가운 이성이 송두리째 붕괴될 정도의 충격이었다.

이건 고작 검술 따위의 수준이 아니었다.

인간의 굴레를 벗어던진 자의.

권능(權能).

"그대는……!"

스스로를 유일 기사 브라가와 동일선상에 놓는 상대의 말이 더 이상 오만으로 들리지 않는다.

비로소 비르제노 현인은 깨달았다.

에드월을 처박아 버린 레페이온의 검술은 그가 가진 권능의 백분지 일도 미치지 않는 미약한 힘이었다는 것을.

더 이상 부끄러움 따윈 없다.

현인은 그대로 허물어지듯이 엎어졌다.

"머, 멈추시게!"

비르제노 현인은 호출 마법을 시전할 수조차 없었다.

고위 혈족들에게 비상 상황을 알려 봤자 가문의 희생만 가중된다는 것을 본능적으로 직감한 것이다.

회의실 내부에는 현자가 아닌 자들이 드물었다.

상대는 그런 고위 마도사들을 단 일 검으로 증발시켜 버린 아득한 초월자였다.

"또다시 의미 없는 대화나 하겠다는 건가?"

"무, 무엇이든 경청하겠네! 닥소스가에게 할 요구가 있다면 기탄없이 말해 보시게!"

레페이온이 치켜세운 검을 내리고 다시 비르제노 현인을 물끄러미 응시했다.

"닥소스가와 황궁의 마도학자들을 모두 소집해. 그리고 북부의 국경 지대를 조사한다."

"조사라면……?"

"대공자가 펼친 공간 이동진이라면 그 활성 파장이 아직 남아 있을 것이다. 마력 추적법을 구사할 수 있는 마도학자들을 모두 병렬로 구성하여 잔존 마나를 찾아."

"그, 그건……."

알칸 제국의 북부 국경은 그 길이만 수천 킬로.

놈이 남긴 공간 이동진의 흔적이라면 경계 첨탑 근처에도 남아 있을 텐데 왜 굳이 그런 방대한 조사를 해야만 하는지 비르제노 현인은 이해할 수가 없었다.

"대화가 또다시 무의미해지려고 하는군."

"……아, 아닐세! 하겠네! 그리하겠네!"

그제야 레페이온의 얼굴에 다시 비릿한 미소가 서렸다.

닥소스가의 생존자들에게 남아 있던 대공자 루인의 흔적은 마나가 아닌 권능.

놈 역시 초월자가 됐다면 르마델의 북부, 사자의 영역에서 단숨에 공간 이동을 해 왔을 것이다.

그래서 놈이 최초로 도착한 공간 좌표를 찾아내는 것이 무엇보다 중요했다.

그것이 놈이 지닌 감각권의 한계선일 확률이 높기 때문.

감각권은 정확하게 권능의 경지와 비례하기에 놈의 경지를 알아내는 데 그보다 더 효과적인 방법은 없었다.

비슷하거나 자신의 아래라면 지금의 단독 작전이 문제가 없겠지만, 자신보다 상위의 경지라면 다른 군단장과의 협력이 필요했다.

레페이온은 엎드린 채로 흐느끼듯이 떨고 있는 비르제노 현인을 뒤로하며 대회의실 내부를 빠져나왔다.

더 중요한 일이 남아 있었기 때문이다.

천천히 이동하는 그의 시선.

푸른 불꽃이 일렁이는 그의 두 눈이 저 멀리 외원의 정원으로 향했을 때 그의 육체는 희미한 잔상만을 남기고서 사라져 버렸다.

◆ ◈ ◆

아르디아나는 이미 이런 일이 일어날 거라는 것을 예감한 듯한 표정으로 앉아 있었다.

히죽 웃고 있는 레페이온.

곧 그의 두 눈동자에서 흰자가 모조리 사라지며 완벽한 청염으로 변한다.

그것은 사념 지배의 당사자가 제물을 완벽하게 통제하기 시작했을 때 나타나는 전형적인 현상이었다.

정원의 의자에서 천천히 일어나는 아르디아나.

"당신이군요."

그녀가 보고 있는 대상은 레페이온이 아닌 그의 영혼 깊은 곳에 자리 잡고 있는 근원.

마치 기다리고 있었다는 듯이 반응하는 아르디아나의 행동에 레페이온, 아니 악제(惡帝)는 더없이 차갑게 웃고 있었다.

"놈과 비슷한 반응이군."

아르디아나는 굳이 대답하지 않았다.

악제가 한참을 이글거리며 바라보다 다시 싱긋 웃었다.

"그동안 참으로 궁금했지. 타이탄 일족을 암암리에 지키고 있는 자. 내 청염(靑炎)의 침투를 끈질기게 방해하던 존재. 그렇게 찾아도 나오질 않더니 결국 이렇게 정체를 드러내고 마는군."

"……."

"고작 렌시아가의 시녀였을 줄이야. 더욱이 그런 시녀가 초월자라니. 재밌어. 이런 점이 늘 나를 흥미롭게 만들지."

악제의 권능, 사념의 파동이 더욱 푸르게 너울거린다.

"자모라가 말하더군. 당신의 권능이 만물을 치유하는 신성한 대지의 힘이라고. 이제 와서 정체를 숨기진 않겠지? 주신 알테이아."

예언과 혼돈의 신, 자모라.

불행을 몰고 오는 광기의 존재, 그 오랜 악연의 이름에 성녀(聖女)는 처연하게 웃고 있었다.

"참으로 반가워. 주신(主神)을 찾아내는 것이 내 계획의 가장 어려운 장면이었는데 이렇게 손쉽게 이뤄 내다니. 조금은 허탈할 지경이군."

인간을 수호해 온 '존재'들.

오래전부터 인간 문명의 신격으로 군림해 온 자들은 그 무엇보다도 걸림돌이었다.

순간.

화아아아아악—

갑자기 새하얀 빛살에 휘감기기 시작한 아르디아나를 바라보며 악제의 표정은 차가워졌다.

저것은 초월자의 권능이 아니다.

'존재'들로 하여금 신으로 군림하게 만든 힘.

창조자가 허락한 빛의 힘, 하늘 광선이었다.

창조자의 의지가 깃든 강대한 신력이 그대로 악제를 향해 폭사된다.

그러나 그곳엔 청염이 기다리고 있었다.

대악신 발카시어리어스의 계약자를 상징하는 광대무변한 권능.

잔인하고도 치열한 악의, 악제의 거대한 증오가 빛을 집어삼켰다.

츠츠츠츠츠—

놀랍게도 상쇄되고 있었다.

마나나 투기, 초월자의 권능 따위로 설명할 수 없는 아득한 힘의 충돌.

하지만 그것은 물리적인 충돌이 아니었다.

아르디아나, 성녀는 자신의 영혼 깊숙이 헤집어 오는 거대한 증오를 느끼며 공포로 물들어 있었다.

미래의 자신이 보내온 기억.

그 기억이 전하고 있는 악제의 권능과는 뭔가가 판이하게 달랐다.

"자모라의 사념을 장악한 내가 존재들의 하늘 광선을 상대하지 못할 거라 생각했나?"

레페이온, 아니 악제가 서 있던 자리.

이미 그의 육체는 사라지고 없었다.

찬란하게 이글거리는 시푸른 청염, 그의 두 눈동자만이 허공에 너울거리고 있을 뿐이었다.

기억이 보내온 정보에 의하면 이 시기의 악제는 아직 '존재'들에게 미치지 못한다.

하지만 그것은 완벽하게 틀린 정보.

권능의 질로 보나 영혼의 격(格)으로 보나 악제는 이미 존재들을 아득히 초월한 상태였다.

"대공자 놈의 반응을 겪고도 왜 내가 모를 거라 생각했지?"

이글거리는 청염이 잔인하게 말했다.

"당신도 회귀자인가?"

Chapter. 88

라 알칸의 중심 시가지에서 멀지 않은 곳.

프릴스 여관은 여행객들을 제외한 오직 내국인, 즉 황국의 신민들만 손님으로 받는 이색적인 여관이었다.

여관 주인 제임스는 알칸의 황실을 추종하는 극렬주의자였는데, 황실의 속사정과 제국의 생리에 대해 속속들이 알고 있는 현자 다인이야말로 제임스에게 있어 최고의 귀빈이었다.

때문에 현자 다인이 제국의 비밀 작전을 수행하는 중이라고 언급하자마자 제임스는 스스로 모든 객실을 비우고 여관의 운영을 중단했다.

황명을 직접 받드는 인물을 돕는다는 것은 제국의 영광을 한없이 드높이는 일.

제임스는 정신을 잃은 채 축 늘어져 있는 게드리아 왕국의 마도학자들을 확인하다가 현자 다인을 향해 급하게 시선을 옮겼다.

"게드리아 놈들이 입을 열었습니까?"

"아직일세."

"이런 쳐 죽일 놈들!"

미천한 게드리아 놈들이 겁 없이 라 알칸을 활보하는 것도 놀라운데 감히 황명을 받드는 신하를 상대로 입을 다물다니!

"황제께서 직접 하달한 황명을 이행하지 못하는 일은 있을 수 없는 법! 제가 제법 수준 높은 약술사님을 한 명 알고 있습니다! 좀 위험한 분이긴 한데…… 어쨌든 제가 최면용 독이라도 구해 오겠습니다!"

현자 다인의 얼굴에 실소가 서렸다.

어쩌면 제국은 이런 극렬주의자들 덕분에 지금까지 유지되고 있을지도 모른다.

어쨌든 이 일이 외부에 알려진다면 끝장.

현자 다인이 엄중하게 고개를 가로저었다.

"그건 안 될 일일세. 다시 말하지만 극비 작전일세. 또한 이런 무엄한 놈들 때문에 외교적인 마찰까지 빚을 필요는 없지."

"우리 위대한 알칸 제국이 고작 게드리아 따위를 겁내서 되겠습니까?"

"겁내는 것이 아닐세. 제임스."

쿵—

갑자기 문이 열리는 소리와 함께 루인 일행이 들어왔다.

제임스는 루인 일행의 훼손된 옷 상태를 확인하더니 심각하게 표정을 굳혔다.

"임무는 성공하셨습니까? 한데 저 사람은 누구……?"

제임스가 잔뜩 경계하는 눈으로 월켄이 등에 업고 있는 뎀므를 주시하고 있었다.

그는 황궁의 죄수복을 입고 있었는데 당연히 극렬주의자인 제임스로서는 기겁할 일이었다.

당황한 표정을 역력하게 드러내던 현자 다인이 급히 제임스에게 말했다.

"화, 황궁의 지하 감옥에 잠입해 있던 우리 쪽 첩보원일세. 오랜 기간 제국을 위협하는 적들의 동태를 살피고 중요한 정보를 모아 온 훌륭한 제국의 신하지. 아마도 적들에게 정체를 들킨 모양이군."

"그런 훌륭한 분이……!"

제임스는 적들의 손에 죽을 뻔한 애국자를 구해 온 루인을 영웅처럼 바라보고 있었다.

"따뜻한 물과 부드러운 음식 좀 가지고 오시게! 한 번 더 말하지만 절대 이 일을 다른 누구에게도 시켜선 안 되네!"

"명심하겠습니다!"

제임스가 날렵하게 사라지자 현자 다인의 표정이 일변했다.

"데, 뎀므!"

닥소스가로 출발했던 루인이 뎀므를 데리고 나타난 건 전혀 예상 밖의 일.

하지만 그런 당황스러운 감정보다 앞선 것은 사촌 뎀므를 향한 걱정이었다.

그의 상태는 누가 보더라도 심각해 보였다.

온갖 처참한 고문의 흔적들.

멀쩡한 곳은 말할 수 있는 입과 들을 수 있는 귀, 단 두 곳뿐이었다.

무엇보다 그에게서 마력의 흔적이 느껴지지 않았다.

"설마……."

"그래. 그의 서클은 부서졌다."

마도에 몸을 담고 있는 마법사로서 그 고통을 모를 수가 없다.

서클만 부서진 게 아니라 그의 주요 관절 부위에 흉측한 칼자국이 선명했다.

기형적으로 꺾여 있는 것으로 보아, 모든 뼈와 인대를 회복 불가능한 상태로 절단해 놓은 것이 틀림없었다.

"설마 닥소스가에 뎀므가 있었단 말인가?"

루인은 닥소스가에서 있었던 일을 간략하게 설명했다.

당연하게도 현자 다인이 받은 충격은 루인보다 더욱 컸다.

"그럴 수가……."

제국은 마장기를 파훼하는 뎀므의 연구를 허락하지 않았다.

한데 닥소스가가 그런 뎀므를 비밀리에 빼 와서 술식을 완성하려고 했다?

답은 간단했다.

이 일은 황명 없이 움직인, 즉 닥소스가의 독단적인 행보.

그렇게 완성된 술식으로 닥소스가가 무엇을 할지는 생각할 필요조차 없었다.

황제조차 압박할 수 있는 권력.

유일 기사 브라가의 진 가문을 누르고 최강의 가문으로 군림하려는 것이었다.

한데 루인의 표정이 너무나도 평온하다.

자신도 이렇게 화가 들끓는데 뎀므의 친구라는 자가 저렇게 평온하다는 것은 단 한 가지를 의미했다.

"설마 자네……?"

"브루월을 죽였다."

제국의 마장기, 디스트럭션 캐논을 운용하는 닥소스가에 침투해서 가주 브루월을 살해하고도 무사히 빠져나올 수 있었다?

루인에 대해 꽤 많이 알고 있다고 자부하는 다인으로서도 쉽게 믿을 수 없는 일이었다.

초월자가 정말 그 정도란 말인가?

사실이라면 초월자의 존재 하나만으로도 사상 최강의 마도 병기라는 마장기 이상이었다.

저런 무시무시한 존재와 적이 된다는 건 감히 상상도 할 수 없었다.

"닥소스가는 제국의 가문 중에서 유일하게 디스트럭션 캐논을 운용하는 가문이거늘……."

"함께 없앴지."

"……."

제국의 마장기, 디스트럭션 캐논을 상대한다는 건 단순히 마장기를 상대하는 것으로 끝나는 것이 아니었다.

물샐틈없이 마장기를 호위하는 아크 메이지와 엔지니어들, 초인급 지휘관들, 게다가 전 세대 최강의 마도 병기 아크 골렘까지 모두 상대해야 한다는 뜻이다.

루인은 아무렇지 않은 일처럼 간단하게 말하고 있지만, 단독으로 디스트럭션 캐논을 상대할 수 있는 존재란 전 대륙을 뒤져 봐도 유일 기사 브라가 정도가 끝이었다.

현자답게 맹렬하게 두뇌를 회전하던 다인이 처절하게 소리쳤다.

"술식도 없앴는가!"

"도해는 없앴지. 하지만 시일이 걸리더라도 복원은 쉬울 거야."

기본적으로 마도학자들은 도해를 완성하기까지 수많은 분리판본을 함께 제작해 둔다.

각자 연구하던 분리판본들을 다시 조합한다면 사실상 도해를 복원하는 건 시간문제였다.

점점 굳어지는 다인의 표정.

제국 최고의 마도 가문 닥소스가의 내부라면 틀림없이 오큘리스의 마력안(Oculus's Magic-eye)이 물샐틈없이 설치되어 있을 것이었다.

지금쯤이면 기록된 마나 열상으로 루인 일행의 외모를 모조리 파악했을 터.

환영 마법으로 외모를 감추거나 변형할 수 있는 루인은 상관없겠지만 저 윌켄과 시르하는 개성이 뚜렷해도 너무 뚜렷했다.

사실상 완전하게 발이 묶인 셈.

성과란 것도 뎀므를 구출해 온 것이 전부였다. 물론 루인에게 그것은 무엇보다 중요했겠지만.

"그대답지 않은 판단이었네! 이로써 우리는 완벽하게 고립됐네! 저 제임스마저 딴마음을 품는다면 우린 끝장이란 말일세!"

루인이 말없이 걸어와 현자 다인의 맞은편 의자에 앉는다.

눈을 감고서 차분하게 이미지를 하던 그가 다시 눈을 떴을 때 루이즈의 영언이 울려 퍼졌다.

〈발이 묶인 대신 우린 새로운 무기를 얻었죠.〉

"무기……?"

현자 다인의 두 눈이 의문으로 물들자 루인의 새하얀 치아가 고르게 빛났다.

"닥소스가의 치부를 알게 됐지. 제국의 죄인을 함부로 빼돌린 것으로도 모자라 황명으로 반역이라고 확정한 술식을 감히 사사로이 연구한 자들. 그 죄과(罪過)란 결코 가볍지 않겠지."

루인의 차가운 목소리를 조용히 듣고만 있던 다인이 금방 창백해졌다.

"지, 지금 무슨 엉뚱한 생각을 하는 건가?"

씨익.

"이건 간단한 사안이 아니야. 이 정도로 중대한 반역 행위라면 여러 가지 일을 도모해 볼 수 있다."

"설마……?"

〈이 정보를 쓸모 있게 활용할 집단은 많아요. 특히 진 가문이라면 수단과 방법을 가리지 않겠죠.〉

"황실을 수호하는 집단에게도 제법 쓸모가 있는 정보다. 물론 아예 황제에게 직접 전달하는 것도 나쁘지 않아."

"뭐, 뭐라?"

음산하게 웃고 있는 루인을 바라보며 다인은 온몸에 소름이 다 돋았다.

진 가문에 전하든 황실에 전하든 그 모두가 제국의 내전을 뜻했다.

닥소스가는 제국의 양대 가문.

특히나 그들은 어디서든지 마장기를 제조할 수 있는 기술력을 가지고 있는 마도 집단이었다.

제국으로서도 감히 함부로 할 수 없는 가문인 것이다.

당연히 그들의 영향력 아래에 있는 집단과 가문은 수도 없이 많았다.

"당신의 가문인 아조스가나 테오나츠 마탑에 이를 전하는 것도 꽤 볼만하겠군. 물론 그들이 완성하고자 했던 마장기의 파훼 술식도 함께 말이지."

아조스가뿐만 아니라 닥소스가가 마장기를 탄생시키면서 영향력이 쇠퇴한 마도 가문들은 많았다.

테오나츠 마탑 역시 닥소스가의 압도적인 위상 앞에서 과거보다 훨씬 영향력이 줄어든 집단이었다.

그렇게 닥소스가에게 반감을 가지고 있는 마도 집단에게 닥소스가의 치부와 마장기를 카운터 칠 수 있는 술식까지 넘긴다?

그 파장의 범위가 얼마나 거대하고 파괴적일지 상상조차 되지 않는다.

인종적, 문화적인 다양한 갈등들을 오로지 강력한 신권으로 통제하고 있는 알칸 제국.

그런 신권을 지탱하고 있는 건 마장기를 위시한 강력한 힘의 존재였다.

하지만 그런 힘이 권력투쟁의 각축으로 사라져 버리게 된다면 거대한 제국의 미래는 불투명해진다.

지금 루인은 그런 엄청난 말을 아무렇지도 않게 하고 있는 것이다.

"……그대의 목적이 세계의 혼란인가?"

질서를 파괴하는 자.

그러나 그런 다인의 생각은 착각이었다.

루인의 진정한 목적은 더 큰 혼란이 닥치기 전에 인류에게 내성을 심어 주는 것.

진정한 악의 화신, 악제가 등장했을 때 인류가 우왕좌왕하지 않도록 만드는 것이었다.

물론 세계의 축, 질서와 균형을 비틀어 악제의 계획을 헝클어 놓으려는 목적도 있었다.

"어디가 좋을까?"

루인이 자신을 쳐다보자 월켄이 조심스럽게 뎀므를 내려 놓았다.

"나는 기사다. 왜 그런 걸 내게 묻는 것이냐?"

희미하게 웃고 있는 루인.

검성은 인류의 지도자다.

그의 의견을 구하는 건 대마도사의 오래된 버릇이었다.

"내게 있어서 네 의견은 더없이 중요하다. 실제로 네 의견이 내 직관보다 훨씬 뛰어난 효과를 발휘할 때가 많았지."

"정말 그랬나?"

"그래."

학문을 제대로 배우지 못했다는 사실에 평소 주눅이 들어 있던 윌켄이었다.

그래서 그런 루인의 말은 그에게 더없이 달콤하게 들렸다.

"흐음…… 그럼 그 진 가문이란 곳이 좋겠군."

의외의 대답에 시르하가 뚱한 표정을 했다.

"웅? 차라리 황제에게 직접 고자질하는 게 낫지 않아? 싸움을 일으키려면 당사자에게 직접 전달해야 가장 효과적이잖아?"

〈지금으로선 황실에 접근하는 건 하책이에요.〉

"웅? 왜지?"

〈우리 용모가 모두 노출됐어요. 가는 동선마다 거추장스러운 일이 발생할 게 뻔해요. 게다가 황실은 닥소스가의 방어력과는 차원이 달라요. 아무리 루인 님이라고 해도 침입은 무리예요.〉

"엥? 루인이?"

루인의 엄청난 권능을 빠짐없이 지켜봐 온 시르하로서는 이해할 수 없는 말이었다.

아무리 튼튼한 방비라 해도 저 초월자를 막아 낼 수 있다고?

홀로 마장기도 부순 놈을?

"문제는 우리다."

"응?"

"뭔 생각인지는 몰라도 저놈은 우릴 떼어 놓고 다닐 생각 자체가 없다. 틀림없이 우리와 함께 침입 작전을 벌일 텐데……."

월켄은 차마 말을 잇지 못했다.

자존심이 허락하지 않았기 때문.

자신의 존재가 루인의 행보에 방해가 된다는 말을 스스로 할 수는 없었다.

"왜 진 가문이지?"

루인의 차분한 눈빛이 자신에게 향하자 월켄은 단순명료하게 대답했다.

"유일 기사 브라가. 그를 직접 만나 보고 싶다."

순식간에 일어난 정적.

언제나 냉정을 잃지 않던 루인조차 그 황당함에 입을 다물지 못했다.

그런 어처구니없는 이유라니……

하나 루인은 어떤 논리적인 반박도 하지 않았다.

"그래, 그러지. 닥소스가에 있었던 일들을 모두 진 가문에게 전달한다."

◆ ◈ ◆

영원토록 이어질 것만 같은 침묵이 이어지길 수십 분.

하지만 현자 다인은 아무리 이미지를 해 봐도 이건 미친 짓이라고 생각했다.

진 가문은 세계 최고, 대륙 최강이라는 수식어에 더없이 어울리는 가문.

그 자체만으로도 웬만한 국가 이상의 파괴력을 지닌 집단이었다.

더욱이 마도 가문 닥소스는 초월급 대마도사인 루인에게 있어 손쉬운 먹잇감이었을지는 몰라도 진 가문은 마도와는 상극인 검가(劍家)다.

사실상 그 침입 난이도가 황실과 비슷하거나 오히려 그 이상일지도 모르는 일.

그런 위험한 진 가문에 침입하여 담판을 짓는다는 건 목숨이 여벌이 아닌 이상 불가능한 일이었다.

아니, 애초에 그보다 더 큰 문제는 황도 라 알칸을 물샐틈 없이 지키고 있는 로열 가드(Royal Guard)들을 상대하는 일이었다.

물론 물리적으로는 큰 위협이 되지 못하겠지만 문제는 그 수.

로열 가드들은 루인 일행을 발견하는 즉시 황궁에 알릴 것이고, 결국엔 라 알칸, 아니 제국 전체와 싸우게 될 것이다.

하지만 루인의 접근법은 완전하게 달랐다.

"진(Jin) 가문의 공간 좌표를 알고 있겠지?"

모든 국가는 요인 관리, 물자 운송, 연락망을 유지하기 위해 공간 이동을 활용한다.

당연히 제국 곳곳의 좌표를 관리하는 현자 다인이 모르고 있을 리가 없었다.

"그, 그곳은 진 가문의 최중심부! 허가받지 않은 인물이 이동진에서 나타난다면 그 즉시 진 가문의 최정예 기사들에게 둘러싸여 구금될 것이네!"

정상적인 외교 활동도 아니고 무려 허가 없이 침입하겠다는 자들이 공간 이동진을 활용하겠다는 말은 실로 황당하게 들렸다.

그야말로 자살행위.

공간 이동은 특유의 침투 위험성 때문에 대부분 삼엄하게 관리되고 있었다.

더 당황스러운 것은 좌표를 물어보고 있는 루인의 음흉한 미소다.

저 웃음은 함께 가자는 말이나 다름없었다.

"이, 이보게……."

"게드리아의 마도학자들을 지켜야 한다는 소린 하지 마. 이미 저들은 효용 가치를 다했다. 접경지대로 데려다주면 알아서 그들의 왕국으로 복귀하겠지."

"아, 아니 난 이미 이 알칸 제국의……."

"죄인이라고? 우린 아니고?"

현자 다인이 은밀하게 움직인다는 건 루인 일행의 신분과 동선이 드러나지 않았을 때의 이야기. 이젠 어차피 같은 처지가 됐다.

"뎀므는? 내 사촌은 어찌할 생각인가?"

"아조스가를 어떻게 믿고? 베른이 그를 치료할 거야."

"……."

반박하지 못하는 현자 다인.

루인의 말대로 이미 아조스가는 제국의 권력에 편승한 집단으로 변질된 상태. 뎀므를 다시 황궁에 바칠 자들은 수도 없이 많았다.

"아니, 굳이 나와 함께 갈 이유라도 있는가?"

"있지."

"그게 뭔가?"

"당신이 있으면 별 탈 없이 대화의 물꼬는 틀 수 있잖아? 그래도 명색이 테오나츠의 현자였으니까."

"고, 고작 그런 이유로 이 나를 희생—"

"됐고, 이제 움직인다."

"버, 벌써?"

루인의 발밑이 새하얗게 불타는 술식으로 뒤덮이자 월켄이 무뚝뚝한 표정으로 다시 뎀므를 둘러업었다.

시르하도 게르디아 왕국의 마도학자들을 양어깨에 둘러메더니 루인의 공간 이동진에 올라탔다.

그런 그들의 모습이 흡사 무슨 뒷골목의 건달 같아, 다인은 한숨을 쉬며 고개를 떨구고 말았다.

〈 이곳의 흔적은 제가 모두 없애겠어요. 〉

"그럴 필요 없어. 어차피 제임스란 놈은 평생의 자랑거리를 가슴에 품고 살 위인이 아니야."

〈 아…….. 〉

"제국의 심문관들을 만난다면 1초도 망설이지 않고 자신이 겪었던 일들을 빠짐없이 털어놓을 인간이지. 뭐 해? 올라타지 않고?"

무거운 발걸음을 억지로 떼는 다인.

그야말로 도축장에 끌려가는 심정이었다.

우우우우우웅―

루인 일행이 새하얀 빛살에 휘감겼다.

◆ ◈ ◆

진(Jin).

이 위대한 가문을 설명할 다른 말은 굳이 필요 없었다.

유일 기사 브라가의 가문.

이 짧은 문장 하나만으로도 다른 모든 설명이 불필요해지기 때문이다.

검으로서 도달할 수 있는 가장 드높은 곳에 올라선 자.

자타가 공인하는 세계 최강의 기사.

동시대에서 그와 비견될 수 있는 기사는 없었다.

그는 과거와 싸우는 자.

창세 기사 루기스, 성자 아스타론, 패왕 바스더 정도만이 그와 자웅을 겨룰 수 있는 역사 속의 인물이었다.

그만큼 유일 기사 브라가는 그 존재만으로도 이 알칸을 제국(帝國)으로 우뚝 설 수 있게 만들어 주는 영웅.

당연히 그런 위대한 검술 명가의 기사들은 그 자부심이 말할 수 없을 정도로 대단했다.

후우우우웅―

진 가문의 전경은 한눈에 봐도 철옹성.

진 가문을 상징하는 절대포효기(絶對咆哮旗)가 드높은 창대에 매달려 수없이 휘날리고 있다.

망루, 방벽, 성문, 첨탑, 수성 병기 등 그야말로 시야가 닿는 모든 곳에서 수호 기사들이 날카로운 눈빛으로 사주 경계를 하고 있는 것이다.

가히 전시를 방불케 하는 광경.

기가 질릴 정도의 엄정한 분위기, 숨 막힐 듯한 군기가 거대한 성 전체를 감싸고 있었다.

가장 드높은 망루에 서서 그런 성의 경내를 바라보고 있던 총괄 지휘관 비안츠 공에게 충직한 목소리가 들려왔다.

"충! 보고드립니다!"

"허한다."

"약 2분 전부터 공간 이동진의 크리스털이 빛나고 있습니다."

"뭐라?"

공간 이동진의 마력회로와 연결되어 있는 크리스털이 점등됐다면 누군가가 좌표를 재밍하여 활성화했다는 뜻.

하지만 최근 일주일 내에 공간 이동의 허가를 구해 온 곳은 없었다.

황실조차 최소 사흘 전에는 미리 통보를 하고 공간 이동진을 활성화하는 마당인데 대체 누가 진 가문의 허가도 없이?

그러나 비안츠 공의 표정은 동요하지 않았다.

진(Jin)을 지키는 총괄 지휘관의 머릿속이란 모든 상황에 대비하는 매뉴얼로 꽉 차 있었으니까.

"지금 즉시 절대포효기 3기를 소집한다."

절대포효기 3기의 소집이란 정예 기사 삼백을 뜻했다.

그만큼 진 가문은 무허가 공간 이동을 심각하게 보고 있는 것이다.

"각 방위의 포집자를 켜라. 공간 이동진에 나타난 자들이 제국의 신민이 아닌 경우, 그 즉시 사살을 명한다."

"존명."

부관이 사라진 후, 그 즉시 공간 이동진을 감싸고 있던 마력 포집자들이 발광했다.

마력 포집자는 술식의 기전을 방해하고 마력의 응축을 막는 초고위 아티팩트.

대현자라 할지라도 도합 8개의 마력 포집자 앞에서는 시동어를 외울 수조차 없었다.

엄청난 높이의 망루에서 망설임 없이 뛰어내린 비안츠 공.

쿵—

곧 그가 공간 이동진의 주위를 물샐틈없이 에워싼 정예 기사 삼백을 향해 포효했다.

"제1진 수호검벽(守護劍壁) 전개!"

정예 기사 일백이 절제된 몸놀림으로 거대한 방패를 형성한다.

"제2진과 3진은 노도질풍포(怒濤疾風砲)를 준비한다!"

진 가문의 검술은 동대륙에 그 유래를 둔 검술이었다. 독특한 검술의 이름은 바로 그 때문.

척척척!

기사들의 절제된 몸동작이 바쁘게 이어진다.

이글거리는 소드 스피릿 오러가 모든 정예 기사들의 검에 아롱진다.

오러 발출의 기본자세.

이백 명의 기사들이 일제히 내뿜는 오러의 향연이란 가히 장관이었다.

그즈음 공간 이동진의 회로가 발광하기 시작했다.

공간이 왜곡될 때 들려오는 특유의 고주파가 간헐적으로 울려 퍼지기 시작했을 때 정예 기사들의 오러는 더욱 진해졌다.

화아아아아악—

눈을 뜰 수 없을 정도의 강렬한 빛살.

비안츠 공이 빠르게 손을 들어 군세를 정지시켰다.

나타난 자들의 전면에 서 있는 노인.

테오나츠 마탑을 상징하는 특유의 로브, '은자의 휘장'을 걸치고 있는 자는 자신이 익히 알고 있는 마법사였기 때문이다.

"현자 다인 님이 아니시오?"

"오랜만이오. 비안츠 공."

그는 십여 년 전, 의문의 실종 사건 이후 단 한 번도 모습을 드러내지 않았던 제국의 현자였다.

테오나츠 마탑의 탑주 후보까지 오른 쟁쟁한 현자였기에 그의 실종 사건은 당시에도 큰 파장을 일으켰다.

문제는 그가 제국 소유의 선단과 함께 사라졌다는 것.

비안츠 공의 두 눈이 금방 강렬한 기운으로 물들었다.

"당황스러운 일이로군. 제국의 선단과 함께 사라진 현자, 그렇게 현자로서의 헌신과 의무를 저버린 자가 갑자기 십여 년 만에 본 가, 그것도 허가 없이 공간 이동진에서 나타나다니. 즉참을 해도 할 말이 없다는 것을 모르지 않을 텐데?"

진 가문의 이런 반응은 당연한 것.

애초에 무슨 계획을 가지고 온 것이 아니었기에 현자 다인은 그저 말없이 서 있을 뿐이었다.

비안츠 공의 표정이 일그러진 건 그때였다.

현자 다인과 함께 온 자들의 면면을 살펴보니 한눈에 봐도 그들은 제국의 신민들이 아니었던 것.

알칸 제국의 신민이라면 응당 가슴에 차고 있어야 할 브로치 '라 알칸의 심장'이 없었다.

"게다가 이방인이라. 당신이 죽을 생각을 한 것이 아니라면 설명할 수가 없군. 방문의 목적이 무엇이오. 현자 다인."

여기서 잘못 말하면 모두 죽는다.

정예 기사들이 내뿜고 있는 오러도 무시무시했지만 공간 이동진을 8방향으로 에워싸고 있는 빛나는 구체 '마력 포집자'를 확인한 다인은 그야말로 기겁할 수밖에 없었다.

저 무시무시한 아티팩트의 최초 고안자는 바로 사촌 템므였다.

자신의 시대에는 없었던, 당시에는 그저 이론에 불과했던 초고위 아티팩트가 이렇게 실제로 탄생했을 줄이야.

저 마력 포집자야말로 템므가 꿈꿔 온 최강의 마장기 카운터, '안티 강마력 필드'의 기초가 되는 이론이었다.

문득 헛웃음이 치밀어 버린 다인.

템므를 제국의 죄인으로 만들어 놓고서는, 정작 그가 탄생시킨 이론들은 진 가문이건 닥소스가던 이렇게 철저하게 활용하고 있었다.

다인이 치가 떨리는 심정으로 입을 열었다.

"죄인의 마법 이론이 이곳에도 펼쳐져 있구려."

다인은 은밀하게 서클을 구동하여 마력을 일으키려 했지만 금방 마력 얽힘 현상이 허물어지며 술식이 와해됨을 느끼고 있었다.

"잔재주는 통하지 않소. 부관!"

"충!"

부관이 달려와 허리를 깊숙이 숙이자 비안츠 공이 추상같이 명령했다.

"테오나츠의 현자 다인의 신변을 확보한다! 이방인들은 모조리 즉참하라!"

"충!"

비안츠 공의 말이 떨어지기가 무섭게 정예 기사들의 오러가 발출됐다.

살이 찢기는 듯한 투기의 압력에 다인이 황급히 뒤를 쳐다보았을 때.

루인의 두 눈은 그저 웃고 있었다.

허공에 잿빛이 알알이 맺힌다.

가공할 잿빛의 기운은 융단처럼 폭사되어 오는 형형색색의 오러들을 아무렇지도 않게 감싸더니 이내 함께 사라져 버렸다.

내내 냉정을 유지하던 비안츠 공의 얼굴이 일그러진 건 찰나.

그는 망설임 없이 검을 뽑아 루인을 향해 짓쳐 들었다.

하지만 그를 맞이한 건 루인이 아니라 시르하였다.

"핫하—!"

휘우우우우우우!

외로운 늑대의 투기, 질풍 같은 와류를 몸에 두르고 뛰어간 시르하.

까아아아아아앙!

비안츠 공의 두 눈이 찢어질 듯이 부릅떠진다.

무언가에 막힌 자신의 검에.

웃는 눈이 맺혔기 때문이다.

"이, 이 무슨!"

비안츠의 검을 통째로 물고 있는 시르하.

인간, 그중에서도 정예 기사를 상대하기 위한 수인족의 비전 기술, 칼날 깨물기였다.

퍼퍼퍽!

비안츠의 등이 새우처럼 휘어진다.

뻗어 나간 혼돈의 검, 월켄의 가공할 소드 서큘러 콘(Sword Circular Cone)이 그대로 기사들을 향해 작렬했다.

거대한 원뿔형의 오러.

그것은 단순한 중급 기사의 소드 스피릿 오러 따위가 아니었다.

스피릿 오러와는 달리, 응축될 대로 응축되어 찬란하게 빛나고 있는 검광에는 한 인간의 자아와 의념이 고스란히 담겨져 있었다.

그것이야말로 명백한 초인의 상징.

동대륙의 체계에서는 검혼(劍魂), 베나스 대륙의 기사들은 '소울 오러'라 부르는 힘이었다.

콰콰콰콰콰콰콰!

단단한 화강암으로 만들어진 성내의 바닥이 모조리 뒤집어진다.

하지만 그렇게 압도적인 파괴력으로 쏟아지는 원뿔을 맞이하면서도 진 가문의 정예 기사들은 흔들림이 없었다.

진 가문이야말로 초인 기사가 즐비한 곳.

진 가문의 정예 기사들은 초인을 상대하는 합격검진을 적어도 다섯 가지 이상을 알고 있었다.

쿠우우우웅—!

정예 기사들이 주르르 밀려난다.

그중 몇몇은 창백해진 채로 핏물을 울컥거렸으나 놀랍게도 월켄의 소드 서큘러 콘은 완벽하게 상쇄되고 있었다.

이채로 빛나는 루인의 두 눈.

가공할 파괴력의 중검, 패왕의 혼돈을 정면으로 맞상대하는 것은 미친 짓이었다.

아무리 합격검진이라고 해도 비끼거나 피하는 것도 아니고 같은 힘으로 맞받아 버리다니.

월켄의 검이 저런 식으로 상쇄되는 모습은 루인으로서도 처음 접하는 생소한 광경이었다.

검성 월켄.

아직은 전생의 경지를 모두 회복하진 못했으나 분명하게 상위 초인의 경지를 정복한 기사.

초인의 경지에 이르고도 끝내 상위 초인의 경지를 정복하지 못하고 삶을 마감하는 자들이 부지기수였다.

지금의 월켄이라면 갓 초인에 이른 기사들 열 명 정도는 충분히 동시에 상대할 수 있을 것이었다.

한데 저 진 가문의 정예 기사들은 그런 월켄의 검을 단순한 합격술로 막아 버린 것이다.

상위 초인 한 명이 갖는 파괴력을 생각했을 때, 정예 기사들의 그런 역량은 실로 무서운 것이었다.

전장에서 저런 방식으로 상위 초인 한 명을 묶어 버린다면 엄청난 전략적 가치를 갖게 될 터.

더구나 저들은 월켄에 대한 어떤 정보도 없었다.

순간적인 상황에서 저 정도로 민첩한 대응이라면 평소의 훈련량을 짐작하고도 남음이었다.

과연 진 가문.

세계 최강의 검술 명가다웠다.

파팟!

잠시 쓰러져 있던 총괄 지휘관 비안츠 공이 신속하게 퇴각했다.

이스하르콘으로 만들어진 중갑이 움푹 파일 정도의 강력한 충격이었음에도 그의 몸놀림은 민첩하기 짝이 없었다.

1진의 정예 기사들이 순간적으로 검진을 풀며 그를 에워쌌다.

시르하가 다시 맹렬히 투기 폭풍을 일으키며 뛰어들려고 할 때 루인이 제지하고 나섰다.

"시르하. 물러나."

"왜?"

상위 초인 기사의 급습에도 한 치의 흔들림도 없이 막아 낸 정예 기사들.

그러나 이제 저들은 대비를 시작했다.

정예 기사 300명의 합격검진이라면 월켄과 시르하가 낭패를 볼 수도 있는 상황이었다.

"루이즈."

〈네.〉

이제 루이즈는 루인의 눈빛만 봐도 그의 생각을 읽을 수 있었다.

그림자를 느끼는 그녀의 영안이 마력 포집자를 직시한다.

이내 그녀의 아티팩트, 진노하는 침묵의 영언자가 아름다운 곡선을 그리기 시작했다.

우우우웅—

8기의 마력 포집자가 미세하게 떨리더니 점점 빛을 잃어 간다.

그림자를 보는 권능, 영안으로 아티팩트에 얽힌 마력과 술식의 기전을 완벽하게 헝클어 놓는 것.

그것이 바로 진정한 의미의 마나 재밍(Mana Jamming)이었다.

사방 수천 미터에 이르는 범위를 술식은커녕 마력조차 맺을 수 없게 만들었던 절대적인 침묵.

그것이 바로 루이즈의 권능인 적요(寂寥)다.

역설적이게도, 마나 재밍을 위해 설계된 아티팩트가 더욱 상위의 마나 재밍을 맞이하며 해체되고 있는 것이었다.

순식간에 빛을 잃어 희미해져 버린 8개의 마력 포집자.

다인은 망연자실한 표정으로 그 광경을 바라보고 있었다.

현자이기에 생생하게 느낄 수 있었다.

자신의 사촌에 의해 탄생한 위대한 아티팩트가 어떤 알 수 없는 힘에 의해 철저하게 파괴되어 버렸다는 것을.

루인, 월켄, 시르하, 루이즈.

침착하게 서 있는 그들.

현자 다인의 두 눈이 점차 경이로움으로 물들었다.

그동안은 루인에 가려져 있어 몰랐지만 함께 온 젊은이들의 역량도 실로 놀라운 수준이었다.

더욱 두려운 것은 바로 저들의 나이.

고작 20대에 불과한 저들에게 진정한 전성기가 찾아왔을 때 과연 어느 정도나 강해질 수 있을까?

어쩌면 저들을 중심으로 대륙의 판도가 재편될 수도 있을 것이다.

루인이 전면으로 나서며 광활한 초월자의 마력을 사방으로 드리운다.

촤아아아아아—

그것은 무투술도 특별한 마법도 아니었다.

그저 강대한 마력을 넓은 범위로 퍼져 나가게 한 것뿐.

그러나 그 힘은 어떤 마법이나 검술보다도 파괴적이었다.

"크아아아악!"

"커허어억!"

아무리 진 가문의 정예 기사들이라고 해도 아무런 형식도 없는, 그저 공기와 같은 순수한 마력의 기운을 막을 수는 없었다.

질식할 것만 같은 마력이 피부, 입, 폐부 등을 차례로 침범해 오자 말할 수 없는 고통을 느끼고 있는 것이다.

쨍그랑!

가장 선두에 있던 정예 기사가 검을 떨어뜨리며 쓰러졌다.

극한의 고통으로 비틀거리다 결국 정신을 잃어버린 것.

털썩털썩.

하나둘 주저앉더니 이내 정신을 잃어버린 부하들을 망연자실하게 바라보고 있는 비안츠 공.

하지만 그는 동요할 틈이 없었다.

체내의 투기를 모조리 끌어올려 맹렬하게 저항하고는 있지만, 점차 눈꺼풀이 무거워지는 건 그 자신도 마찬가지였기 때문.

"끄으으으으으……!"

그렇게 비안츠 공이 필사적으로 서 있을 때, 루인이 한 점의 감정조차 떠오르지 않은 얼굴로 천천히 그에게 다가갔다.

"느끼는가?"

음의 고저 따위가 일체 배제된 극도의 무심한 목소리.

비안츠 공의 두 눈이 의문으로 물들었을 때 지옥의 사자 같은 루인의 음성이 다시 울려 퍼졌다.

"지휘관으로서 그대가 지금 판단해야 할 것은 단 하나. 이 내가, 저 쓰러진 자들의 생과 사를 결정할 수 있다는 불편한 진실이지."

격렬하게 떨려 오는 심장.

비안츠는 진 가문의 고귀한 검, 스톰브링거(Stormbringer)를 하사받은 이래 결단코 이만한 공포를 느껴 본 적이 없었다.

3기의 절대포효기.

초인 서넛은 충분히 막을 수 있는 정예 병력이었다.

제국의 거대한 검술 명가, 이 진 가문 내에서도 3기의 절대포효기를 상대로 죽음을 피할 수 있는 강자는 채 열을 넘기지 않는다.

한데 지금 자신의 눈앞에 서 있는 상대는 특별한 무언가를 떨친 적조차 없다.

마력도 투기도 아닌, 추측할 수 없는 괴이한 힘을 그저 너르게 펼쳤을 뿐.

단지 그 하나뿐인데, 진 가문의 정예 기사 삼백 명이 일제히 정신을 잃어버린 것이었다.

이와 같은 상대는 경험한 적도, 또 들어 본 적도 없었다.

지금까지 익힌 그 어떤 전술 교범에도 존재하지 않았던 적.

"……원하는 게 무엇이냐!"

곧장 루인에게서 예의 차가운 목소리가 흘러나온다.

"진 가문의 가율에서 자유로운 자를 만나는 것. 그리고 그와 대화하는 것. 그 둘뿐이다."

"……."

이 거대한 검술 명가의 가율에서 자유로운 자는 존재하지 않는다.

당대의 가주, 빌트리제 님조차 가율에 속한 존재.

순간 비안츠의 두 눈이 폭풍을 만난 것처럼 흔들렸다.

비로소 그는 진 가문의 가율로 구속할 수 없는 유일한 존재를 떠올린 것이다.

"당신…… 설마……!"

"그를 만날 수 있겠나?"

유일 기사 브라가.

자타 공인 제국, 아니 세계 최강의 기사.

"감히!"

비안츠의 두 눈에 강렬한 적의가 떠오른다.

허가도 없이 공간 이동진을 침범한 것으로 모자라 다짜고 짜 브라가 님을 만나겠다니!

하나 루인은 비안츠의 그런 강렬한 적개심에도 눈 하나 깜빡하지 않는다.

"인간의 인생은 언제나 선택의 연속이지. 부하 삼백을 희생시키느냐, 이 가문의 유일 기사를 데려오느냐, 지금의 당신에게도 마찬가지다."

순간.

광활하게 펼쳐져 있던 마력의 기운이 모조리 잿빛으로 변한다.

단지 색의 변화일 뿐인데, 비안츠는 마치 가슴이 무너져 내리는 듯한 기분을 느끼고 있었다.

도저히 말로 표현할 수 없는 거대한 무언가가 하늘로부터 쏟아지는 듯한 느낌.

그것은 절대적인 공포.

도저히 항거할 수 없는 위엄이었다.

"선택이다. 비안츠."

침을 삼킬 수조차 없는 극한의 긴장이 비안츠를 휘감는다.

명확하게 느껴진다.

상대의 가벼운 의지에, 이 자리에 있는 모든 생명에게 죽음이 닥칠 수 있다는 것을.

방금 상대가 자신의 이름을 말하고 있었지만 비안츠는

다른 생각을 할 겨를조차 없었다.

"그분이 어디에 계신지를 알지 못한다! 우린 그분의 존안을 뵌 적조차 없다!"

은은하게 웃고 있는 루인.

루이즈에게 진실을 판가름해 달라는 부탁을 할 필요가 없었다.

비안츠는 부하들의 목숨을 걸고 도박을 벌일 위인이 못 되니까.

과거, 진 가문 전체가 악제군에 투신했지만 소수의 신념 있는 기사들은 인류 연합에 합류했었다.

저 비안츠는 분명하게 루인의 기억 속에 있는 사람.

그는 인류 연합의 결사대 3천을 이끌고서 검은 바위 지대에서 장렬히 최후를 맞이한 용맹한 기사였다.

그와 그의 결사대의 희생으로 인류 연합군 17만의 목숨을 살렸다.

그때의 회군이 성공하지 못했다면 인류의 절멸은 수십 년은 앞당겨졌을 것이었다.

그는 그런 사내였다.

"유일 기사 브라가와 만날 수 있는 방법은 알겠지. 아니면 그 방법을 가르쳐 줄 수 있는 사람을 알거나. 그렇지 않은가?"

결국에 그 말은 가주, 혹은 가주의 권위에 필적하는 원로들을 만나게 해 달라는 뜻.

"그대 같은 위대한 강자가 왜 우리처럼 약한 이들을 죽이려는 것이오?"

자존심을 깔끔하게 내려놓고 마침내 명분과 인정에 호소하기 시작한 비안츠 공.

"난 침입한 적을 막지 못한 지휘관이오. 그런 무능력으로도 모자라 그대 같은 위험한 적을 가주께 인도한다? 그게 지금 이 자리에서 죽는 것과 무엇이 다르오?"

막지 못한 적을 가문의 고위층에 인도한다는 건 수호 기사로서의 죽음이었다.

명예를 목숨보다 아끼는 기사에게는 있을 수 없는 일.

그런 단단한 신념을 지닌 비안츠가 이렇게까지 자존심을 내려놓은 건 오직 부하들의 목숨 때문이었다.

"많이 다르지."

루인이 잿빛 마력을 흩트리며 산개한다.

"첫째, 그대는 지휘관으로서 적의 능력을 파악하는 눈이 모자랐다. 내가 마음을 모질게 먹었다면 이곳에 있는 3백이 아니라 이미 진 가문 전체를 지워 버렸을 것이다."

"무슨……?"

"둘째, 그대는 지휘관으로서 적의 생각을 읽지 못했다. 충분히 부대 전체를 살상할 수 있는 자가 군이 대화를 하겠다는 건 무엇을 뜻하겠는가?"

"……"

해부할 듯이 비안츠를 직시하는 루인.

"나는 그대와 같은 신념을 지닌 기사들을 아낀다. 그러므로 죽이고 싶지 않다. 그저 그대의 주인, 이 진 가문을 통할(統轄)하는 자를 만나고 싶은 것이지 다른 적개심은 없다. 또한—"

"……."

"나는 현자 다인과 함께 나타났다. 한데 왜 제국의 적이라고 미리 단정하는 거지? 이래 봬도 그와 꽤 친한데 말이야."

루인이 싱긋 웃었다.

"당신들과도 친해질지도 모른다고."

Chapter. 89

대체 무슨 계기로 유일 기사 브라가가 악제의 편에 섰는지
는 당시에도 의견이 분분했다.

사실 그는 마음속에 증오나 욕망이 들어설 만한 이유가 없
는 사람이었다.

브라가는 제국의 법령과 황명에서 자유로울 수 있는 거의
유일무이한 존재였다.

물론 제국으로부터 직접 사면권을 부여받은 적은 없었지
만 그가 가지고 있던 실질적인 권위와 위엄이 충분히 그 정도
의 평가를 받고 있었기 때문이다.

게다가 그는 진 가문에 속해 있으면서도 가문의 권위와

가율을 그다지 개의치 않았는데, 늘 마음이 가는 대로 여행을 다니는 편이라 진 가문의 중요한 일에는 실질적으로 거의 참여하지 않는 사람이었다.

어찌 보면 계륵과 같은 존재임에도 황궁이나 진 가문이 그의 그런 행동을 곧이곧대로 내버려 둔 이유는 간단했다.

그 존재만으로도 대체 불가능한 위력을 발휘하는 사람이었기 때문.

지금도 그를 흠모하는 신출내기 기사들이 제국 안팎에서 모여들고 있었고, 그렇게 그를 추종하는 무리들은 제국의 국력과 진 가문의 위상에 상당한 도움이 되고 있었다.

사실상의 살아 있는 위인 대접을 받고 있는 영웅.

어떻게 보면 더 이상 가질 것이 없는, 그야말로 전 세계에서 가장 자유로운 사람이 바로 유일 기사 브라가인데, 그런 그에게 무슨 거대한 증오가 있을 수 있단 말인가?

그렇다고 그가 평소에 어떤 욕망이라도 내비쳤으면 모르겠는데, 검술 이외에는 별다른 관심도 두지 않는 사람이라 더욱 판단하기가 힘들었다.

하지만 루인의 계획.

대마도사의 구상에 있어서 유일 기사 브라가의 회유란 아버지 카젠을 다시 살리는 일과 맞먹는 중요한 일이었다.

유일 기사 브라가와 군단장 브라가는 완전히 다른 존재.

악제군의 가장 강력한 군단장이었던 그는 어쩌면 악제보다 더한 영향력을 발휘했던 사상 최악의 빌런이었다.

무엇보다 결정적인 건 그가 인류 진영의 사기에 말할 수 없는 악영향을 끼쳤다는 것.

살아 있는 위인으로 취급받던, 그야말로 대륙의 모든 기사들에게 흠모와 존경을 받던 기사가 한순간에 악제군에 귀속되어 버렸으니 그 충격은 마치 하나의 종교가 무너진 것처럼 엄청났다.

그저 브라가를 보고 싶다는 터무니없는 윌켄의 이유에도 별다른 고민 없이 고개를 끄덕였던 것은 바로 그 이유.

유일 기사 브라가는 언제고 다시 만나야 할 운명이었다.

그의 속사정을 파악하여 악제군에 투신하지 못하도록 하는 것은 틀림없이 이번 생의 분기점이 될 것이었다.

"……."

"……."

비안츠를 비롯한 정예 기사들의 시선이 일제히 현자 다인에게 향했을 때.

다인이 침을 꿀꺽 삼키다 신중하게 입을 열었다.

"그대들이 나를 죄인으로 의심할 수는 있겠으나 맹세코 이다인은 어떤 순간에도 위대하신 헤볼 찬 황제 폐하를 외면한적이 없네."

헤볼 찬(Hevol-chan).

황제를 신으로 드높이는 가장 고귀한 칭호.

알칸 제국의 황제를 신적인 대상으로 여기지 않는다면 결코 함부로 언급할 수 없는 이름이었다.

아렐네우스를 헤볼 찬으로 부른다는 것은 다른 신을 모두 잊고 오직 그를 유일신으로 인정한다는 뜻이었기 때문.

비안츠가 부하들에게 경계를 해제하라는 수신호를 했다.

그가 다시 다인에게 물었다.

"이자들에게는 라 알칸의 심장이 없소. 제국의 현자께서 신민이 아닌 자들과 교류하는 이유는 무엇이오?"

"이 젊은이들은 북부 왕국 르마델 출신이네. 특히 이분은 북부의 대공, 베른가의 대공자일세."

"······베른?"

비안츠도 베른가(家)는 알고 있었다.

작은 왕국 르마델에서 그나마 봐 줄 만한 기사들이 있는 가문.

북부의 변방에 있는 가문이었지만, 사자검은 그나마 상대할 만한 가치가 있는 검술이었다.

비안츠가 다시 루인을 유심히 쳐다보자.

"헤볼 찬 황제 폐하야말로 내가 가장 만나고 싶은 분이시지."

그 순간 비안츠의 눈빛에 이채가 발했다.

신권으로 통치하는 알칸 제국만큼은 아니었으나 분명 르마델 왕국은 그들만의 신을 믿는다.

그들은 다신(多神)을 믿는 왕국.

지방의 전통과 토속에 따라 자유롭게 신을 믿는 그들이었지만, 그렇다고 함부로 신을 바꾸는 세속적인 이단들은 결코 아니었다.

그런 르마델 왕국의 귀족이 알칸 제국의 황제를 헤볼 찬으로 칭송한다는 건 상당히 이례적인 일이었다.

그 단어 자체로 황제의 신성을 인정한다는 뜻.

제국의 신민이 아니라 타국인의 입에서 헤볼 찬이 언급되는 것은 경험 많은 비안츠로서도 생소한 광경이었다.

"타국인인 그대가 존엄하고 위대하신 폐하의 신성을 인정하고 있다는 것입니까?"

"그건 인정하고 못하고의 문제는 아닌 것 같군. 베나스 대륙의 7할을 통치하는 권력자란 이미 그 자체로 위대한 법이지."

만연한 미소로 웃고 있는 루인.

어차피 가변세계까지 경험하여 그 신이란 존재들의 근원까지 모조리 파악한 마당이었다.

이따위 신성한 단어 놀음이야 얼마든지 상대해 줄 수 있었다.

그때, 내성의 철문이 천천히 열리기 시작했다.

쿠쿠쿠쿠쿠쿠—

거친 굉음을 내며 철문이 밀려오자 자욱한 먼지가 일어나 루인 일행의 시야를 어지럽혔다.

단지 내성의 문이 열리고 있을 뿐인데 월켄은 그 규모에 깜짝 놀라고 있었다.

저 시커먼 성벽이 성문이었을지는 상상도 하지 못했다.

마치 성곽 전체가 움직이고 있는 것만 같은 착시가 일어날 정도.

가히 수백 명이 도르래를 당긴다 해도 움직일까 싶을 정도의 크기와 무게감이었다.

쿵—!

귀청이 떨어지는 듯한 쇳소리와 함께 철문이 멈춘다.

자욱한 먼지가 모두 걷히자 그곳에는 십여 명의 기사들이 한 사람을 호위하고 있었다.

월켄은 검을 들고 있는 자신의 손에 잔뜩 힘이 들어간 것을 느끼고 있었다.

그만큼 나타난 기사들의 기세가 어마어마했다.

검을 맞대 본 적도 없었지만 저들 하나하나가 자신과 비슷한 강자라는 것을 여실히 느끼고 있는 것이었다.

그렇게 상위 초인의 경지에 이른 기사 십여 명이 나타나자 루인의 눈빛도 묘하게 변해 있었다.

그 순간 비안츠를 비롯한 정예 기사들이 일제히 지극한 검례(劍禮)를 했다.

"충! 가주님을 뵙습니다!"

십여 명의 상위 초인들이 물샐틈없이 호위하고 있는 자.

그가 바로 이 거대한 검술 명가의 주인, 제국을 수호하는 수호검주, 진 가문의 빌트리제였다.

수호검주(守護劍主).

유일 기사 브라가가 없었다면 세계 최고의 기사라는 명성은 그를 향했을 것이다.

어느새 검을 잡고 있는 월켄의 손이 떨리고 있었다.

압도적인 투기, 하지만 그 기운과 완전하게 상반되는 지독히도 정제된 기세.

저 정도로 예민하게 검세를 벼리는 경지란 지금의 그로서는 상상조차 할 수 없는 경지였다.

단지 검세를 느끼고 있을 뿐인데, 단숨에 격차를 인정할 수밖에 없게 만드는 엄청난 강자였다.

루인의 두 눈이 해부할 듯이 직시해 오는 그의 시선과 담담히 섞였다.

송곳처럼 예리하게 헤집어 오는 투기의 파장을 루인은 우습다는 듯이 수인으로 뿌리쳤다.

"어차피 내 기운을 느끼고 있을 텐데 굳이 이런 탐색전이라니. 위대한 진 가문답지 않군."

차아아아앙!

절대포효기의 정예 기사들이 일제히 검을 뽑으며 루인을 에워쌌다.

진 가문의 가주에게 불경한 언사를 한 것만으로도 충분히

죽을죄를 저지른 것.

"명예와 신념만을 좇는 이들은 이래서 어리석지."

쿠쿠쿠쿠쿠……

대마도사가 딛고 있는 곳, 진 가문의 너른 대지 전체가 떨리고 있었다.

루인이 아무렇지도 않게 수인을 움켜쥐자 잿빛 파장이 무한하게 증식되며 사방으로 뻗어 나갔다.

절대 압착(Absolute Compression).

루인은 물질계를 구성하는 단위 물질들을 모조리 분석하여 쇠(金) 속성을 분리, 그리고 압착했다.

그러자 주변의 모든 검과 갑주들이 거칠게 우그러졌다.

루인을 포위하고 있던 정예 기사들이 고통의 비명을 지르며 일제히 쓰러진 것.

루인의 곁에 서 있던 현자 다인이 망연자실하게 굳어져 있었다.

이게 무슨 마법?

하지만 놀람은 그것으로 끝이 아니었다.

꽈지지지지직!

거대한 내원의 철문에 기하학적인 균열이 일기 시작하더니 점점 우그러지기 시작한 것.

현자인 그에게도 이런 비상식적인 경지의 마법은 정말이지 생전 처음 겪는 것이었다.

"명심해라. 지금 이 순간에도 그대들의 생명은 내 손아귀에 있다는 것을."

가벼운 손짓 한 번으로 주변 수백 미터 반경의 모든 철의 속성을 통제하는 자.

대마도사(The Great Wizard).

다인은 어쩌면 자신이 전설의 존재, 역사의 한 장면을 경험하고 있을지도 모른다는 생각이 들었다.

현자인 자신의 눈으로도 술식의 기전, 구동 원리조차 파악할 수 없는 그 비현실적인 마법은 살아 있는 미지의 경이, 그 자체였다.

"놀랍군."

저벅저벅.

절도 있는 보폭으로 천천히 다가오는 수호검주.

루인은 웃고 있었다.

빌트리제와 그를 수호하고 있는 기사들의 갑옷이 멀쩡했기 때문.

그러나 투기 방출로 대마도사의 절대 주문에서 스스로를 보호한 그들이었지만 틀림없이 소모된 투기가 막심할 것이었다.

물론 순수한 투기로 대마법 방호를 할 수 있는 상위의 초인들이라는 것은 확실했다.

저 무심한 얼굴의 빌트리제는 그마저도 초월한 기사일 테고.

"수호검주의 명성은 익히 들어 왔지. 반갑군. 난 르마델의 루인 베른이다."

빌트리제는 태연하게 손을 내밀고 있는 루인을 물끄러미 응시하고 있었다.

〈아······.〉

남부의 방벽이 완성되기 전까진 은밀하게 움직일 거라고 말했던 건 루인 그 자신이었다.

루이즈는 굳이 스스로의 신분을 드러내고 있는 루인을 이해하지 못하고 있었다.

"베른이라."

빌트리제의 두 눈에 이채가 얽힌다.

르마델의 사자, 베른가에서 온 인물이 검과 투기가 아닌 마도를 드러내고 있는 점이 기이했기 때문.

그러나 쉽게 경지를 읽을 수가 없다.

더욱이 방금 자신이 느꼈던 그 거대한 권능은 마치 자신의 삼촌인 브라가와 비슷한 느낌마저 들었다.

"지금 내가 보고 있는 것이 초월자의 경지인가?"

굳이 부정하지 않고 단숨에 고개를 끄덕이고 있는 루인.

그의 명확한 제스처에 빌트리제는 더 이상 냉정한 표정을 유지하지 못했다.

"그만한 확신이라니."

상위 초인 이상의 경지는 모두 미지의 경지로 구분한다.

그러므로 상위 초인과 초월자 사이의 경지를 따로 지칭하는 단어는 없었다.

수호검주라 불리는 자신조차도 초월자를 확신할 수가 없는데, 명확하게 자신을 초월자로 인식한다는 것은 하나만을 의미했다.

인간의 굴레를 뛰어넘은 자신의 경지를 완벽하게 확신한다는 것.

빌트리제가 그런 루인의 손을 마주 잡는다.

"환영하네."

"환대에 고맙군."

가주의 절대 수호기사들이 일제히 검을 움켜잡았지만 빌트리제는 굳이 루인의 오만한 태도를 흠잡지 않았다.

"본 가를 찾은 목적이 무엇인가?"

"브라가를 만나고 싶다."

진 가문의 유일 기사, 세계 제일의 검으로 칭송받는 신성한 이름을 아무렇지도 않게 언급하는 루인.

"만나서? 무얼 할 작정이지?"

그러나 루인의 다음 대답은 더 터무니가 없었다.

"대화를 빙자한 정신 개조."

"……정신 개조?"

"물론 통하지 않는다면 몸으로 하는 대화를 나눠야겠지."

빌트리제의 두 눈에 활화산 같은 분노가 떠올랐다.

◆ ◈ ◆

진 가문의 수호검주와 정예 기사들 앞에서 폭탄 발언을 늘어놓은 루인이었으나 정작 그 마음은 혼란스럽기 짝이 없었다.

'빌어먹을 늙은이.'

본인에게 닥친 위기를 모면해 보겠다고 자신의 신분을 비안츠에게 밝혀 버린 다인.

그러나 이미 물은 엎질러졌다.

이렇게 된 이상 자신의 신분을 최대한 활용해야 했다.

뒷감당은 차후에 생각할 문제.

오히려 루인은 이런 변수를 미리 예상하지 못한 스스로를 책망하고 있었다.

ㅊㅊㅊㅊㅊ─

공간을 찢어 오는 진동 파장, 루인의 아공간 헬라게아가 고즈넉이 현신한다.

어둠으로 잠식되어 있던 공간이 모두 물러갔을 땐 도합 6기의 '진네옴 투드라'가 위풍당당한 위용을 드러내고 있었다.

압도적인 크기를 자랑하는 마신의 마장기.

그 엄청난 광경에, 초월자 앞에서도 차가운 이성을 유지하고 있던 수호검주 빌트리제도 충격적으로 굳어져 버렸다.

그렇게 갑작스럽게 마장기가 현신하자, 십여 명의 상위 초인들이 일제히 수호검주의 전면으로 나서며 강력한 투기의 방벽을 쳤다.

그 순간 어지럽게 허공을 수놓기 시작한 대마도사의 수인.

아무리 루인이라고 해도 6기의 마장기와 동시에 감응하는 건 처음 있는 일이었다.

각각의 강마력 엔진으로부터 압도적인 마력이 물밀듯이 밀려왔으나 루인은 염동력을 한계까지 끌어올리며 차곡차곡 동조를 끝마치고 있었다.

그 광경에 다인은 어이가 없었다.

"허—"

감탄도 나오지 않았다.

그저 헛바람만 새어 나올 뿐.

출력의 임계점을 맞이하며 용암처럼 붉게 타오르던 6개의 마력핵들이 다시 천천히 잦아들며 빛을 잃고 있다는 것.

그것은 오너 매지션의 링크(Link)가 성공했다는 뜻이었다.

고위 현자조차도 고작 하나의 마장기를 통제하는 데 진땀을 뺄 수밖에 없는 것이 차가운 현실.

한데 이젠 그런 현실감조차 느껴지지 않는다.

하지만 그것으로 끝이 아니었다.

쿠쿠쿠쿠쿠쿠—

거대한 진동파가 일더니 6기의 육중한 마장기들이 동시에
허공으로 떠오른다.

다시 마장기들이 외성의 너른 공간에 착지했을 때 지진파
와 맞먹는 엄청난 충격이 몰아쳤다.

콰아아아앙!

콰아아아아앙!

자욱한 먼지가 모두 걷힐 무렵.

가장 빨리 루인의 의도를 알아차린 것은 역시 현자 다인이
었다.

'……육망?'

마장기의 거대한 포신들이 그려 내고 있는 하나의 파멸적
인 이니그마.

그것은 가장 오래된 마도의 이론으로 알려진 파괴의 별, 육
망성(六芒星)이었다.

저 무시무시한 포신들이 향하고 있는 각자의 방향.

거기에 특정한 시간 차, 출력값의 정교한 통제가 더해진다
면 강화될 파괴력은 6배가 아니라 132배다.

다인은 그야말로 정신이 붕괴될 지경이었다.

루인의 의도란 저 무시무시한 마력광선휘광포 자체로 마도
술식을 구현해 내겠다는 뜻이나 마찬가지였다.

다인이 경악하며 소리쳤다.

"미, 미쳤는가!"

초월 마도사의 광활한 염동력을 모든 마장기에 드리운 채로 허공에 떠 있는 루인.

차가운 얼굴로 미지의 수인을 그리던 그가 물끄러미 지상을 바라봤다.

곧 그의 무심한 목소리, 아니 절대언령(絶對言靈)이 진 가문 전체로 울려 퍼졌다.

-이제 결정해야 할 텐데?

한눈에 봐도 창백해진 현자의 얼굴.

불길한 예감이 엄습한 빌트리제가 이를 깨물며 다인을 불렀다.

"무슨 상황이오?"

"육망성! 그중에서도 가장 파괴적인 겁화(劫火)의 별입니다!"

제국의 마법 병단과 다양한 합동 훈련을 해 온 진 가문이었기에 육망성이 뭔지는 잘 알고 있었다.

하지만 빌트리제는 그런 현자의 설명이 황당하게 들릴 뿐이었다.

"그건 마도의 술식 이론이 아니오? 대체 무슨 마력포로 술식을? 그게 가능한 일인 거요?"

"가능합니다! 저 미친놈, 아니 루인 대공자는 저 마장기들을 한꺼번에 통제할 수 있는 초월 마법사이기 때문입니다!"

이어진 다인의 설명에 충격적으로 굳어진 빌트리제.

"마장기를 통제하는 오너 매지션이 각각 다르다면 불가능한 일이지만 불행하게도 저자는 혼자입니다! 그는 각 포격의 시간 차와 그 출력값을 정교하게 컨트롤할 수 있습니다!"

"그래서? 그 겁화의 별이란 것이 대체 무엇이오?"

심각하게 굳어진 빌트리제를 향해 다인은 가장 직관적으로 표현했다.

"육망성의 통상적인 위력으로 가늠했을 때 진 가문 전체, 아니 라 알칸의 절반이 소멸될 겁니다! 물론 그건 저 마력광선휘광포의 출력값을 정확하게 알 수가 없기에 최소한의 예상입니다!"

"뭐……?"

거대한 진 가문이 소멸된다는 이야기조차 황당하게 들리는 판국이었다.

한데 제국의 심장, 라 알칸의 절반을 지도상에서 지워 버릴 수가 있다니?

대체 한 명의 인간이 어찌 그런 엄청난 재앙을 일으킬 수 있단 말인가?

"가, 가주님! 혀, 협상하시지요! 수단과 방법을 가리지 않고 브라가 님을 찾아오셔야 합니다! 저놈은……!"

절로 침이 꿀꺽 넘어간다.

무한해부터 빠짐없이 루인을 지켜봐 온 다인으로서는 그의 끝 모를 광기가 두려울 수밖에 없었다.

저 차가운 두 눈.

분명 한 점의 망설임도 없이 자신의 목적을 실행하고야 말겠다는 그런 눈이었다.

다인은 더 이상 망설이지 않았다.

"이미 닥소스가를 홀로 파괴하고 가주 브루월까지 살해한 자입니다! 저자는 무엇이든 할 수 있는 그런 존재입니다!"

"브루월을?"

비록 실종된 상태였지만 그래도 다인은 테오나츠의 현자다.

그런 자가 진 가문의 가주를 상대로 허튼소리나 늘어놓진 않을 터.

곧 수호검주 빌트리제가 루인을 향해 소리쳤다.

"그대의 모든 요구를 조건 없이 받아들이겠다! 그만! 그만 중단하라!"

순간.

쿵— 철커덕—

피슈우우웅—

6기의 진네옴 투드라, 거대한 마장기들에게서 일제히 마력 증기가 뿜어져 나왔다.

오너 매지선의 의지에 의해 강마력이 상쇄되며 작동을 멈춘 것이다.

"아쉽군. 꽤 궁금했는데."

마장기가 모두 폐기되었던 전생에서는 활용해 볼 수 없었던 마도(魔道).

루인의 두 눈에 얽혀 있는 대마도사의 번들거리는 광기에 다인은 온몸에 소름이 돋아났다.

"뭐라는 거냐 이 미친 녀석아! 그런 엄청난 재앙을 그렇게 아무렇지도 않게……!"

어쩐지 말투가 조금은 친근해진 느낌이다.

루인은 마치 할아버지처럼 굴고 있는 다인이 싫진 않았다.

"뭐, 소감은 그 정도로 됐고. 브라가는 언제 만날 수 있는 거지?"

투명하게 직시해 오는 루인의 눈빛에 등줄기가 젖어 가는 빌트리제.

"먼저 묻겠소. 그대가 정말 브루월을 죽였소?"

"죽였지."

제국의 심장부에서 닥소스가의 가주를 살해했다는 말을 태연하게 늘어놓는 자.

원래라면 황명이 떨어지길 기다릴 필요조차 없는 즉결 처분의 대상이었다.

하지만 불행하게도 상대는 규격 외의 존재.

진 가문 전체를 지도상에서 지워 버릴 수 있는, 마치 신(神)과 같은 자였다.

상위 초인 기사 열 명이 아니라 백 명이 덤벼든다고 해도 막을 수 없는 자.

이런 절대적인 존재란 자신이 아는 한 단 한 명뿐이었다.

이제는 저 이방인의 요구 때문이 아니라 가문을 수호하기 위해서라도 유일 기사 브라가를 소환해야 했다.

"그대 하나가 대알칸 제국 전체를 상대할 수 있단 말이오?"

"왜? 불가능한 것처럼 보이나?"

아버지 카젠에게 했던 말.

알칸 제국 전체와 싸워도 이길 수 있다는 그 말은 결코 허튼소리가 아니었다.

그렇게 루인은 철저하게 악제(惡帝)의 출현 당시를 재현하고 있었다.

아니, 어쩌면 조금 더 충격적인 등장일까?

루인이 태연하게 수인을 맺더니 부유 마법을 일으켜 마장기들의 육중한 동체를 조작하기 시작했다.

그그그그극―

십여 명의 상위 초인들을 조준하기 시작한 6기의 진네옴 투드라.

이제 루인은 거리낌 없이 협박을 늘어놓았다.

"의심이 가면 시험해 보시든지."

빌트리제는 '감히!'라고 소리칠 뻔했지만 가까스로 화를 삼켰다.

애꿎은 검의 손잡이가 움푹하고 우그러졌다.

"······대체 이러는 목적이 무엇이오?"

아무리 제국 전체를 상대할 수 있는 절대적인 초월자라고 할지라도 모든 것을 파괴한 자리에서 자신의 무엇을 채울 수 있단 말인가?

정벌할 대상, 쟁취할 이득이 사라진 곳에는 그 어떤 욕망도 실현할 수 없는 법이었다.

"목적? 그딴 건 없어."

왜?

그게 바로 악제의 실체니까.

그는 욕망을 위해 대륙을 집어삼키는 존재가 아니었다.

어떤 논리도 없는, 그야말로 목적 없는 파멸, 이유 없는 죽음이 악제 그 자체였다.

순수한 악(惡).

"어떻게 인간의 행동에 아무런 당위도 없을 수가 있단 말이오······?"

그 옛날, 인류의 영웅들과 똑같은 의문으로 자신에게 묻고 있는 빌트리제를 바라보며 루인은 그야말로 형용할 수 없는 복잡한 심경이었다.

하지만 루인은 이내 정신을 차렸다.

무대 위에 서기로 결심한 이상, 수단과 방법을 가리지 않고 악제를 혼란스럽게 만들어야 했다.

"목적은 없지만 이유야 있지."

지금 이 엄중한 상황에서 고작 말장난을 늘어놓자는 건가?

빌트리제의 투기가 더욱 맹렬해져 갈 때쯤 다시 루인의 입이 열렸다.

"놈들이 안티 강마력 필드의 도해를 연구하고 있더군. 그 목적을 위해 닥소스 놈들은 제국의 황명으로 구속된 죄인을 몰래 빼돌려 미완의 술식을 완성하려 했다."

"……안티 강마력 필드?"

대신 대답하는 현자 다인.

"마장기를 무력화할 수 있는 카운터 술식입니다. 그 술식이 완성되면 세계의 마장기들은 모두 고철 덩어리로 변할 것입니다."

폭풍처럼 흔들리기 시작한 빌트리제의 눈빛.

"대체 왜 그런 짓을……?"

절대적인 마도 병기 마장기(魔裝機)의 탄생은 닥소스가의 최대 위업.

그런 자신들의 위업이 송두리째 무너질 텐데 왜 그런 위험한 연구를 하고 있단 말인가?

루인이 피식 웃었다.

"실패를 번복하고 싶지 않았던 거지."

"실패……?"

"마장기는 독점에 실패했으니까. 이제 웬만한 중소 왕국조차 마장기 하나쯤은 보유하고 있다."

"으음……."

"마장기는 실체가 있는 마도 병기. 한 기만 노획해도 연구를 시작하는 것이 가능하지. 그러나 술식은 물리적인 실체가 없다."

대륙에 다양한 마법학파가 건재한 이유는 하나의 독특한 술식 기전, 그런 마도의 정향성은 쉽게 흉내를 낼 수 없기 때문이었다.

파괴되는 즉시 노획당할 수 있는 마장기와는 달리, 안티 강마력 필드 술식은 학회에 보고하지 않는 이상 그 실체를 누구도 알아낼 수가 없었다.

"마장기를 단독으로 제작할 수 있는 마도 가문이, 그 마장기를 카운터 칠 수 있는 술식을 완성한다면 어떻게 될까?"

빌트리제의 안색이 무거워진다.

그들의 마장기 외에는 모두 고철 덩어리로 만들 수 있다는 사실을 이제야 제대로 인지한 것이다.

"게다가 그 사실을 알칸 제국의 황실이 알게 되면?"

헤볼 찬 황제의 신권?

절대 병기 마장기의 무력이 상쇄된 제국에서 그런 압도적인 권력이 과연 존재할 수 있을까?

닥소스가는 그 존재 자체로 두려운 가문이 될 것이다.

황제의 신권조차 할 수 있는 건 아무것도 없었다.

그렇게 닥소스가가 연구하고 있는 술식의 목적과 실체를 깨닫게 된 빌트리제.

하지만 빌트리제의 표정이 일그러진다.

이런 말을 자신에게 늘어놓는 상대의 의도가 너무 노골적이었기 때문.

"뭐 어쩌라는 거요? 지금 나더러 시원하게 칼춤이라도 한번 추라는 거요?"

웃으며 고개를 끄덕이는 루인.

"응."

물론 빌트리제는 상황의 심각성을 충분히 인지하고 있었다.

그러나 자신에게 정보를 전달한 자가 이방인, 즉 르마델의 대공자라는 것이 문제였다.

더욱 황당한 것은 상대가 알칸의 대귀족들을 서로 이간질하려는 본인의 의도를 가감 없이 드러내고 있다는 것.

적국에 공작을 펼치더라도 보통은 그 의도를 숨기게 마련인데 놈에겐 그럴 의도 자체가 아예 없는 것처럼 느껴졌다.

그러다 보니 오히려 상대의 진의에 대한 해석이 더욱 힘들었다.

"혼란스럽지?"

굳은 표정으로 서 있던 빌트리제가 익살스럽게 웃고 있는 루인을 희미하게 응시했다.

"그렇소."

놀라운 광경.

루인이 연신 날건달처럼 굴고 있음에도 빌트리제는 악착같이 평정을 유지하고 있었다.

세계 제일의 검가, 진 가문의 지배자가 작은 왕국의 젊은 귀족에게 공대하는 모습은 꽤 희귀한 장면이었다.

현자 다인은 그가 얼마나 인내하고 있는지를 여실히 느끼고 있었다.

"그리 복잡할 필요 없어. 사안은 꽤 간단하거든. 닥소스가 남몰래 일을 꾸몄고 난 그걸 알아냈지. 그리고 당신도 그걸 알게 됐고. 이제 남은 건 선택과 행동. 그 둘뿐이야."

"이 일로 얻게 될 그대의 이득은 무엇이오?"

"이득?"

지극히 인간적이고 정상적인 접근이었다.

외교나 공작의 근본은 누가 뭐라고 해도 자국의 이익.

또한 타국에 대한 공작이 성공하려면 기본적으로 기밀 유지가 담보되어야 한다.

하지만 공작의 주체가 르마델, 그리고 베른가라는 것을 모두 드러낸 마당.

이제 르마델과 베른가가 얻을 이득은 전무하다고 봐야 했다.

의도했던 제국의 혼란보다 르마델의 손해가 더욱 클 것이기 때문.

틀림없이 알칸 제국은 자국의 내전을 유도한 르마델의 공작에 대해 해명을 요구할 것이고 그 밖에도 수많은 외교적인 압박을 동원할 것이었다.

이렇듯 상대는 분명 어설프고 어리석은 공작을 하고 있었다.

하지만 자신의 반응을 지켜보며 연신 재미있어하는 저 표정이 문제였다.

도저히 그 마음을 읽을 수가 없었다.

빌트리제가 투기를 천천히 해제하며 검을 회수했다.

아공간에서 마장기를 6기나 소환할 수 있는 자, 그리고 그런 마장기의 마력포격을 육망성의 술식으로 구현할 수 있는 초월자였다.

들고 있어 봐야 별 의미도 없었다.

"글쎄. 생각나는 이득이 한두 개가 아니라서. 그런데 내가 굳이 그런 것까지 당신에게 알려 줄 필요가 있나? 이런 고급 정보를 흘려 준 것 자체로 이미 상당한 호의잖아?"

빌트리제가 갑주가 우그러진 채로 쓰러져 신음하는 정예 기사들을 물끄러미 바라봤다.

"호의라기엔 꽤 과격했다고 생각하지 않소?"

거대한 진네움 투드라들을 힐끔거리다 다시 웃는 루인.

"생각하기 나름이겠지. 불과 몇 분 전까지만 해도 이곳은 깔끔하게 지워질 뻔했다고."

그 순간 빌트리제는 깨달았다.

대화로는 상대의 어떤 것도 알아낼 수 없다는 것을.

마음으로부터 말할 수 없는 거부감이 일어난다.

그렇게 빌트리제가 이러지도 저러지도 못하고 있을 때 현자 다인이 한 발자국 앞으로 나서며 진중하게 입을 열었다.

"이 르마델의 대공자는 매우 치밀한 자입니다. 특히 거래에 관해서는 교활할 정도로 차갑게 행동하지요."

당사자의 면전에 대고 힐난조로 공격하고 있었으나 의외로 루인은 웃고만 있었다.

"평범한 외교적인 접근법은 자제하시길 권합니다. 그에게 뭔가를 얻으려면 먼저 가주님의 무언가를 내주셔야 합니다."

묵묵히 듣고 있던 빌트리제가 다인을 응시했다.

"그대는 누구의 편에 서 있소?"

빌트리제의 두 눈에는 적개심에 가까운 감정이 떠올라 있었다.

다인이 수인으로 고아한 현자의 마도를 그려 냈다.

"당연히 헤볼 찬 황제 폐하의 신민으로 이 자리에 서 있습니다. 또한 저는 마음으로부터 단 한 번도 테오나츠의 마경(魔境)을 깨지 않았습니다."

눈은 마음의 창.

다인의 경건한 눈빛에서 딴마음이 느껴지진 않는다.

빌트리제가 다시 루인을 쳐다봤다.

"그대가 원하는 것이 무엇이오?"

"이미 밝혔는데."

유일 기사 브라가를 만나는 것.

저 르마델의 대공자가 한사코 요구하고 있는 것은 바로 그 것뿐이었다.

"후회하지 마시오. 그분이 오신다면 아마도 내 태도는 완벽하게 달라져 있을 것이오."

금방 호기심으로 물드는 루인의 눈빛.

"날 직접 보고도 그런 마음이 일어난단 말이지?"

현자 다인은 루인의 마장기로 구현될 육망성의 절대적인 위력을 직접 빌트리제에게 언급했다.

그런 초월 마도사의 위력을 뼈저리게 실감하고도 저만한 자신감을 드러낸다는 것.

루인은 유일 기사 브라가의 경지가 생각한 것 이상일지도 모른다는 생각이 들었다.

'역시 대신전이 작동하지 않고 있었다는 건가?'

브라가가 초월자임이 확실하다면 진즉에 대신전의 천사들에 의해 가변세계에 구금됐을 것이다.

그러나 대신전은 현재 악제 테아마라스에 의해 그 기능이 마비된 상태.

그러므로 브라가는 대신전의 기능이 마비되기 전, 그러니까 제법 최근에 초월자의 경지를 이뤘다는 뜻이었다.

그 순간 루인은 소름이 돋았다.

악제는 사히바와의 협상을 통해 가변세계의 초월자들을 통제하고 동시에 현시대에 새롭게 태어날 초월자들을 군단장으로 확보하는 이중의 전략을 구사한 것이었다.

대체 놈은 얼마나 오랫동안 이 치밀한 그림을 그려 왔을까?

그의 흔적을 쫓으면 쫓을수록 온 마음에 경외심이 치민다.

그렇게 루인은 새삼 자신이 어떤 엄청난 적과 마주하고 있는지를 뼈저리게 실감하고 있었다.

그때.

빌트리제가 진중한 얼굴로 가슴 속에서 무언가를 꺼내자, 십여 명의 상위 초인 기사를 비롯한 수백의 정예 기사들이 일제히 그를 향해 부복했다.

진 가문의 기사들에게만큼은 황제의 왕관보다 더한 위력을 발휘하는 절대적인 상징.

빌트리제가 꺼낸 작은 단검은 그 유명한 진 가문의 영검(靈劍) '모든 이의 포효'였다.

신비의 운석으로 제련하여 그 강도는 아다만티움을 능가하며, 동시에 역대 모든 가주의 영혼들이 잠들어 있는 초자연적인 에고 소드(Ego Sword)라고 알려져 있는 단검.

저들은 저 영검을 통해 선대의 지혜를 전승받는다.

역사가 흘러갈수록 더욱 진 가문이 강력해진 것은 바로 저 유명한 에고 소드 때문이었다.

역시 루이즈가 가장 먼저 민감하게 반응했다.

〈 저 단검에서 엄청난 존재감을 지닌 영혼들이 느껴져요. 〉

루인 역시 저 영검의 실체를 알고 있었다.

다름 아닌 지난 생에서 쟈이로벨이 가장 탐냈던 군단장 브라가의 아티팩트였으니까.

-노, 놀랍다! 인간계에 저만한 영질(靈質)을 품고 있는 에고 소드가 있었다니! 마계에서도 저만한 보물은 얼마 없거늘!

쟈이로벨은 수집욕이 엄청난 마신이었다.

지금은 루인의 소유가 된 그의 아공간 헬라게아에 엄청난 가치의 보물이 즐비한 것은 바로 그 때문.

가치를 매길 수조차 없는 보물들을 수도 없이 수집했던 마신이 이렇게 탐낼 정도라면 저 진 가문의 영검은 인류 문명이 탄생시킨 최고의 검 중 하나일 것이다.

그때.

스스스스스—

상위 초인 기사들이 눈에 보이지 않을 정도의 속도로 흩어진다.

이어진 그들의 행동에 루인의 두 눈이 이채를 발했다.

"음?"

놀랍게도 그들은 극도로 정제된 투기의 검으로 쓰러져 있는 진 가문의 정예 기사들을 모조리 기절시키고 있었다.

눈을 부릅뜬 채로 기절하고 있는 총괄 지휘관 비안츠.

그렇게 비안츠를 비롯한 모든 정예 기사들이 영문도 모르고 정신을 잃었을 때, 상위 초인들은 더욱 크게 십방(十方)의 방위로 흩어지며 사주 경계를 시작했다.

진 가문의 에고 소드 '모든 이들의 포효'에서 변화가 감지되기 시작한 것은 그때였다.

우우우우웅—

빌트리제가 영검을 잡고 있던 손을 놓는다.

그러자 놀랍게도 영검은 그 자리의 고도를 유지하며 묘한 검광을 머금기 시작했다.

미지의 기운, 광활한 영력의 압박이 사방으로 휘몰아친다.

초월적인 정신 체계를 이룩한 루인이 이만한 압박을 느낄 정도라면 동료들은 말할 것도 없었다.

정면에서 영검을 마주한 월켄과 시르하가 정신을 잃고 쓰러졌다.

영안을 지닌 마법사답게 가장 오래 버티고 있는 루이즈였
지만 그녀도 끝내는 스르르 허물어졌다.

자욱한 영기가 흩어진 자리엔 젊은 청년이 서 있었다.

굳어 버린 대마도사.

"……브라가?"

틀림없었다.

그의 검붉은 투구 사이로 수도 없이 마주쳤던 그 음울한 눈
빛이었다.

-미, 믿을 수 없다!

진 가문의 영검은 에고 소드 따위가 아니었다.

대체 어떻게 한낱 아티팩트가 한 존재의 실체를 품어 낼 수
가 있단 말인가?

브라가는 빛을 잃은 영검을 담담한 눈으로 회수하더니 루
인을 물끄러미 응시했다.

<놀랍군>

단지 한마디였는데 그 음성이 수십 겹으로 겹쳐서 들려온
다.

그 순간 루인은 깨달았다.

비록 육체는 하나였으나, 그 육체를 움직이는 영혼이 수십여 개라는 것을.

극도로 혼란스러워진 루인.

대마도사로 쌓은 어떤 지식으로도 지금의 현상을 설명할 수 없었다.

집단 사념체?

영혼 구속?

인간의 영혼이 육체를 빌지 않고 존재하는 방법은 오직 사념밖에 없다.

한데 저건 명백히 사념이 아니었다.

엄연히 실체로 존재하는 '인간' 그 자체였다.

이건 섭리의 위배이자 설명할 수 없는 비현실.

대마도사로서 쌓은 지혜가 허망할 정도로 초라해진다.

"……정말 당신이 브라가인가?"

<그렇게 불리지.>

또다시 겹겹이 들려오는 그의 음성에 말할 수 없는 의구심이 증폭된다.

다중 인격 따위도 아닌, 하나하나 실제하는 영격이 어떻게 하나의 육체 속에 모두 존재할 수 있단 말인가?

더욱이 그에게서 흘러나오고 있는 권능의 깊이란 말이

나오지 않을 정도로 농밀했다.

악제?

아니 어쩌면 그 이상?

그 어떤 것도 함부로 추측할 수가 없었다.

브라가의 두 눈은 어느덧 호기심으로 물들어 있었다.

<극도로 혼란스러운 감정이 느껴진다. 하지만 그 진실된 속을 모두 알 수는 없구나. 참으로 흥미롭다. 이 나의 눈으로도 실체가 파악되지 않는 인간이라니>

루인의 표정은 차갑게 가라앉아 있었지만 내심으로는 크게 놀라고 있었다.

이 브라가는 루이즈의 영안, 아니면 그와 비슷한 권능을 보유한 존재였다.

"......."

고개를 비틀어 진 가문의 가주 빌트리제를 바라보았으나 어느덧 그는 무릎을 꿇은 채로 땅만 바라보고 있다.

정말이지 브라가의 정체가 이런 종류일지는 상상도 하지 못했다.

숨 막히도록 아름다운 브라가의 두 눈.

루인의 본질을 파악하기 위해 그는 연신 루인의 주변을 이리저리 살피고 있었다.

<마도(魔道)로군. 거기에 권능을 이룩한 초월자. 한데 당신은 누구인가?>

그것은 루인을 향한 질문이 아니었다.

곧 자줏빛 귀화와 함께 쟈이로벨이 루인의 영혼을 빠져나왔다.

<대단하다. 네놈은 정말 희귀하구나. 도대체 어떤 방식으로 섭리를 비튼 것이냐?>

대악신 발카시어리스가 창조해 낸 혼종이라고 해도 믿어질 정도다.

그런 끔찍한 마계의 혼종들을 수도 없이 봐 왔지만 이 인간은 그 이상이었다.

<마계의 고위 존재로군>

브라가는 너울거리는 자줏빛 귀화, 심연 속에서 타오르는 마신의 영혼을 직시하고 있었다.

<……인간의 발악이지>

< 발악? >

<이 형태로 존재해야만 신벌(神罰)을 피할 수 있으니까.>

그 순간.

대마도사의 치밀한 자아가 재빨리 회전한다.

추론에 추론을 거듭하고 하나의 가정이 완성되기까진 그리 긴 시간이 필요하지 않았다.

"신벌은 천사들을 뜻하나?"

<과연. 그대 역시 초월자라면 그들을 만났겠군>

틀림없다.

저 브라가는 지금 대신전의 천사들을 말하고 있었다.

<그러고 보니 궁금하군. 어떻게 그런 평범한 육신으로 그들을 피해 삶을 유지할 수 있는 거지? 그게 가능한 일인가?>

"……가능하다면?"

＜그게 가능하다면 내 모든 것을 희생하더라도 이 지옥 같은 곳을 빠져나가고 싶군. 고작 몇십 분만 버틸 수 있는 가짜 몸뚱이 말고 진짜 몸뚱이로＞

드디어 루인은 깨달았다.

악제 테아마라스와 저 브라가가 어떤 거래를 했는지를.

Chapter. 90

브라가의 질문에도 굳게 입을 닫고 있던 루인이 루이즈를 향해 천천히 시선을 옮긴다.

이미 그녀는 극도의 혼란스러운 표정으로 마치 화폭 속의 인물처럼 굳어 있었다.

루이즈가 당황해하고 있는 이유.

그것은 브라가가 내뿜고 있는 감정의 파편들이 지금까지 자신이 한 번도 경험해 보지 못한 괴이한 종류였기 때문이었다.

루이즈는 루인의 두 눈에 담긴 의문이 무엇인지를 분명하게 느끼고 있었다.

하지만 브라가에 대한 자신의 감상을 무엇 하나 대답할 수
없었다.

루인이 입을 열었다.

"복잡하게 생각하지 마. 내게 말해 줄 건 간단해. 그는 악
한 인간인가?"

삼라만상의 본질을 직시하는 루이즈의 권능, 그림자의 영
안(影眼)이 극도로 예민해진다.

그러나 한참을 그렇게 서 있던 루이즈는 결국 고개를 가로
젓고 말았다.

〈판단할 수 없어요. 아니 그의 마음엔 애초에 그런 기준
자체가 존재하지 않아요. 마치 이건…….〉

잠시 망설이던 루이즈가 곱게 입술을 깨물었다.

〈어린아이 같아요.〉

루인은 그런 루이즈의 대답이 황당하게 들렸다.

눈앞에 서 있는 존재는 초월자.

오랜 수련으로 인간의 굴레를 돌파한 자의 정신 체계란 절
대로 평범할 수 없었다.

하지만 순수하다는 표현도 아니고 무슨 어린아이처럼 선악

을 분별할 수조차 없는 인간이라니.

"다시 잘 봐. 수천만 명의 인간을 절멸시킬 존재다."

대마도사에겐 여느 때보다 중요한 순간이었다.

브라가는 스스로 악제의 종이 되어 알칸 제국을 비롯한 대륙의 절반 이상을 무너뜨린 사상 최악의 빌런.

그의 마음에 거대한 악(惡)이 도사리고 있다면 아무리 정성스럽게 회유해 봤자 무용지물이었다.

루인은 내부의 적이 얼마나 무서운지를 수도 없이 경험한 대마도사.

마음에 거악을 품고 있는 자라면 언제든지 악제의 종복으로 돌변할 수 있었다.

'……정말 이상한 눈빛이다.'

루인은 노련한 대마도사다.

눈빛, 말투, 억양, 몸짓, 표정 등 상대의 정보를 수집하여 이미지로 분석하면 대부분 어떤 유형의 인간인지 쉽게 파악할 수 있었다.

하지만 지금은 아무것도 판단할 수 없었다.

이토록 상대를 판단하지 못하고 오로지 루이즈에게만 기대는 건 루인으로서도 처음 있는 일.

한데 영안을 지닌 루이즈조차 아무것도 느낄 수 없다고 반응해 올지는 꿈에도 몰랐다.

하지만 쟈이로벨.

루인의 영혼과 연결된 채로 그런 혼란스러운 마음을 고스란히 느끼고 있던 마계의 마신이 황당한 눈으로 묻고 있었다.

〈너 바보인 게냐?〉

루인이 자신을 의문스럽게 쳐다보자 쟈이로벨은 더욱 황당한 표정을 지었다.

〈멍청한. 애초에 저 괴물은 단일 객체가 아니지 않느냐? 저건 영혼이 아니다. 각자 다른 갈망을 지닌 영혼들이 모여서 창조된 변종 영혼체. 당연히 너희들의 관념으로는 해석이 불가능한 괴물이다.〉

그제야 루인은 자신이 무엇을 놓치고 있는지를 깨달았다.

인간이 아닌 존재를 인간의 관점으로 해석하려 했다는 것.

상대는 '살인'이라는 하나의 행위를 두고도 각자의 해석과 관념을 따로 생성하는, 예를 들자면 무수한 영혼으로 만들어진 일종의 유기체다.

그래서 저 브라가란 하나의 인간이 아닌 그룹으로 봐야 하는 것.

그러고 보니 지금까지 쟈이로벨은 브라가를 한 번도 '인간'이라고 지칭한 적이 없었다.

괴물.

브라가를 향한 쟈이로벨의 표현은 일관성 있게 '괴물'이었다.

드디어 판단이 끝났다.

멍청하게도 저 브라가는 이미 자신에게 치명적인 약점을 드러냈다.

츠츠츠츠츠츠—

루인의 수인이 어지럽게 움직이자 잿빛 권능이 겹겹이 맺히기 시작했다.

그렇게 초월 마도사의 권능, 흑암의 재(灰)는 이내 반구형이 되어 루인 일행을 감쌌다.

아직 이 술식의 이름을 따로 정하진 않았다.

비록 유지 시간은 짧지만 이 재의 방벽은 초월자의 권능 공격, 아니 마장기의 마력 포격조차 견딜 수 있는 강도를 지니고 있었다.

루인은 그런 재의 방벽을 스무 겹 이상 둘렀다.

초월자의 경지에 이르러 거의 무한대의 마력을 생성할 수 있게 된 루인이 순간적으로 탈력감을 느낄 정도로 권능을 쏟아 낸 것.

그때, 브라가의 의문스러운 목소리들이 수도 없이 겹쳐 왔다.

<대답할 수 없다는 건가>

자신의 질문에 아무런 대답도 하지 않고 겹겹이 권능 방벽을 둘렀다는 것.

하지만 그런 루인의 행동은 기이했다.

그 역시 자신처럼 기분이 들떠 있을 것이다.

같은 초월자를 만나는 것이 얼마나 희귀한 경험인지를 그도 모르지 않을 테니까.

더욱이 그는 약한 존재가 아니다.

분명 자신과 권능을 겨루는 선택을 할 수 있음에도 오직 방어에만 전력을 기울인다는 것.

브라가의 두 눈이 느릿하게 루인의 동료들을 훑는다.

<저들을 지키고 싶은 거로군>

루인은 보호할 동료를 눈앞에 두고 초월자 간의 권능 대결을 벌이는 어리석은 마법사가 아니었다.

놈은 스스로 자신의 육체를 향해 수십 분밖에 버티지 못하는 가짜 몸뚱이라고 말했다.

그런 정보를 미리 듣고도 활용하지 못한다면 그건 대마도사가 아닐 것이다.

브라가는 루인이 생성한 권능 방벽의 위력을 살피다가

더욱 흥미로운 눈을 했다.

자신의 초월검공(超越劍功)을 능히 막을 수 있을 정도의
방벽.

더욱이 그런 방벽이 수십 겹이었다.

드디어 브라가는 루인의 의도를 간파하고는 두 눈에 분노
의 감정을 드러냈다.

*<감히…… 이 내가 다시 영검에 봉인될 때까지 그 권능
방벽으로 버티겠다는 건가?>*

"거추장스럽게 힘 뺄 필요까진 없지. 어차피 당신은 영검
괴물에 불과하잖아?"

결국 브라가는 묘하게 입매를 비틀며 웃고 있는 루인을 향
해 천천히 검을 들며 권능을 끌어올리고 있었다.

상상할 수조차 없는 투기의 거력, 자연계를 통째로 짓이기
는 듯한 압도적인 압력이 밀려오고 있었지만 루인은 여유를
잃지 않았다.

브라가의 초월검공이 무서운 만큼, 자신이 생성한 재의 방
벽도 결코 약하지 않았다.

"해보겠다고? 잘 생각해. 이 재의 방벽은 간단하지 않아."

재의 방벽이라면 패왕 바스더의 혼돈의 검을 상대로도 충
분히 수십 분 동안 버틸 자신이 있었다.

물론 상대에겐 아무런 수확도 없었다.

오히려 자신의 방벽을 뚫으려 하면 할수록 그 충격파로 이진 가문이 쑥대밭이 될 것이었다.

"어차피 아무런 수확도 없이 다시 영검에 귀속될 텐데 그런 일에 정말 가문을 희생시킬 거냐?"

콰아아아아아아아앙!

말이 끝나기가 무섭게 무시무시한 초월검공이 재의 방벽에 부딪쳐 왔다.

가장자리에 있던 외부 방벽에 쩌저적 하고 금이 갔지만 물리적인 파괴력은 거기까지.

오히려 손해는 상대가 훨씬 컸다.

루인은 밀려오는 충격파를 모두 상쇄하며 동료들을 보호했지만, 반면 충격파에 그대로 노출된 진 가문 측은 이미 사상자가 다수 발생하고 있었다.

특히 정신을 잃고 쓰러져 있던 정예 기사들은 거의 무방비 상태나 마찬가지여서 피해가 심각했다.

루인이 검을 바닥에 꽂은 채로 가까스로 버티고 있는 상위 초인 기사들을 무심히 바라보고 있었다.

"벌써 당신의 첫 공격에 진 가문의 기사들이 저 정도나 죽어 버렸군. 게다가 나의 첫 번째 방벽을 제대로 깨지도 못했지. 그래도 계속할 건가?"

히죽.

진 가문의 가주 빌트리제가 슬며시 고개를 쳐든다.

이미 그의 두 눈은 공포로 물들어 있었다.

속이 훤히 보이는 어설픈 도발.

하지만 애석하게도 브라가에겐 그런 어설픈 도발이 통한다는 것이 문제였다.

가문의 이익이나 인간의 윤리 같은 건 유일 기사 브라가의 가치가 아니었다.

그가 원하는 건 오직 한 가지.

"그, 그만하십시오!"

거대하고도 광활한 투기.

브라가는 초월자의 초월검공을 검 끝에 맺은 채로 물끄러미 뒤를 돌아보았다.

"제, 제가! 영검귀속(靈劍歸屬)의 의식을 앞당기겠습니다! 원하신다면 지금 이 자리에서 당장 하겠습니다! 제발 그 공격을 멈춰 주십시오!"

단 한 번의 충격파로 절대포효기의 정예 기사 절반이 절명해 버린 상황.

뿐만 아니라 상위 초인 기사들도 투기가 크게 상한 기색이 역력했다.

브라가가 저 잿빛 방벽을 모두 없앨 때쯤에는 이 진 가문 전체가 참혹한 폐허로 변해 버릴 터.

더 큰 문제는 이 충격파 때문에 가문의 변고를 살피기 위해 기사들이 계속 몰려오고 있다는 것이었다.

영검의 비밀을 지키겠답시고 또다시 그들을 족족 기절시
킨다면 희생자만 더욱 양산하는 꼴.

＜사실이냐?＞

어느덧 분노와 투쟁심이 사라진 눈빛.

유일 기사 브라가의 두 눈은 이미 탐욕으로 번들거리고 있
었다.

"그리하겠습니다! 저의 영검귀속을 오랫동안 기대하고 염
원해 오시지 않았습니까?"

＜물론이다.＞

흡족한 감정을 드러내며 아이처럼 빙그레 웃고 있는 브라가.

그렇게 유일 기사는 엄청난 빛살에 휘감기며 진 가문의 영
검, '모든 이들의 포효'에 빨려 들어갔다.

그 광경을 황당하게 지켜보고 있던 루인이 모든 재의 방벽
을 해체하며 엎드려 떨고 있는 빌트리제를 응시했다.

"영검귀속의 의식이 뭐지?"

그때 쟈이로벨이 자줏빛 귀화를 너울거리며 괴기스럽게
웃었다.

〈 영력(靈力)이 더해지면 영격(靈格)은 올라간다. 지금으로선 저 영검에 담긴 초자연적인 현상을 모두 해석할 순 없지만 저 괴물에게 어떤 이익이 생길지는 뻔한 일이지 않느냐?〉

루인의 예상도 그와 비슷했다.

분명 귀속하는 영혼이 쌓이면 쌓일수록 영검의 위력이 강화될 것이었다.

육체로 강림할 수 있는 시간이 늘어난다거나 혹은 권능이 강화되는 현상을 기대하고 있을 터.

그것도 아니라면 일정 수준의 영격을 돌파하면 완전한 인간이 될 수도 있을 것이다.

어느 쪽이든 자신에게는 전혀 이득이 생기지 않는 상황.

루인이 마치 제 것처럼 영검을 회수하며 로브의 품에 넣는다.

엎드려 있던 빌트리제가 벌떡 일어나며 맹렬한 살기를 드러냈다.

"그, 그게 무슨 짓이오!"

"그럼 진짜로 이 영검에 영혼을 바치게? 닥소스가가 저렇게 날뛰고 있는데도?"

순간적으로 할 말을 잃어버린 빌트리제.

"이 영검을 어떤 아들에게 줄지는 미리 정했나? 아무런 승계도 대비도 하지 못한 갑작스러운 가주의 부재? 이 거대한 진 가문에 정말 그런 혼란을 닥치게 하고 싶은 건가?"

"그래서 하고 싶은 말이 뭐요!"

태연하게 이어지는 루인의 말에 빌트리제는 망연자실한 얼굴을 하고 말았다.

"당신이 약속을 지키지 않는다면 영력을 회복한 브라가가 다시 물질계에 현신하여 당신을 죽이려 들겠지. 하지만 내 손에 있다면? 그런 걱정은 필요 없어. 난 충분히 브라가를 통제할 수 있으니까."

어떻게 보면 이 세계에서 유일 기사 브라가를 통제할 수 있는 존재란 루인이 '유일'했다.

직접 눈으로 모두 지켜보기까지 했으니 빌트리제는 루인의 그 말을 부정할 수 없었다.

그러나 영검 '모든 이들의 포효'는 진 가문의 절대적인 보물이었다.

자신의 대(代)는 어떻게든 버틸 수 있다 치더라도 이후의 가문은 끝장이었다.

모든 선조들의 지혜를 집약하고 있는 영검을 잃게 되면 진 가문의 존속이 힘들 것이다.

가주로서의 생존과 영혼 귀속, 가문의 존속 등을 끊임없이 저울질하던 빌트리제는 결국 루인에게 진득한 적의를 드러내고 있었다.

"내 목숨 하나로 끝날 문제! 영검은 결코 외부에 내어 줄 수 없소! 물론 초월자인 당신이 그래도 영검을 가지고 나간다면

막을 수는 없겠지! 하지만 명심하시오! 그대는 무사할 수 있
겠으나 그대의 르마델은 반드시 멸망할 것이오!"

루인이 씨익 웃으며 돌아선다.

"해 봐."

방금 루인의 가슴 속에 하나의 마력 불길이 타올랐다.

아버지가 스크롤을 찢은 것.

드디어 남부의 방벽이 완성되었다.

"당신의 모든 걸 동원해서 쳐들어오라고."

◆ ◆ ◆

불사조의 성(Castle of Phoenix).

르마델을 침략하려는 국가들이 마주하는 최초의 요새.

한때 하이렌시아가의 지휘 아래 있던 남부 최대의 수호 장
벽은 어느덧 증축 공사가 막바지에 이르러 있었다.

하이베른가의 가주 카젠은 공중을 부유하며 성을 증축하
고 있는 르마델의 공중 부유 건설 기구 '에어 컨스트럭션 모
빌'의 위력에 경탄하고 있었다.

이렇듯 르마델 왕국이 자체 개발한 공중 부유석은 에어라
인을 탄생시켰을 뿐만 아니라 그 밖에도 다양한 분야에 응용
되고 있었다.

그런 경외심이 이는 것은 베른가의 기사들도 마찬가지.

평생 검술에만 매진해 온 기사들에겐 고위 아티팩트가 위력을 발휘하는 모습이란 생소한 광경이었다.

"가주님, 제라드 단주님께서 도착하셨습니다."

수호 기사의 보고에 카젠이 반가운 얼굴을 했다.

"지휘 막사로 들라 하라."

"충!"

카젠이 지휘 막사로 들어가 기다리길 십 분여.

제라드 단주가 지휘 막사로 들어오자마자 충직하게 검례를 올리며 한쪽 무릎을 꿇었다.

"충, 라이언 하트 기사단 전원, 전선에 도착하였습니다."

"검은 비 작전의 진행 상황은 어떤가."

검은 비.

대공자가 남기고 간 유산 다크 와이번 군단, 즉 용기사를 뜻하는 암호명.

"아직 보고를 드리긴 이르다고 판단됩니다."

"부상자는?"

"이제 부상자가 생기진 않습니다."

"그것만으로도 반가운 소리군."

루인은 검은 수리 계곡을 지배하는 다크 와이번들의 왕을 길들이는 데 성공했다.

예상대로 다크 와이번들은 더 이상 인간을 공격하지 않았지만 문제는 그들을 따르는 군집 무리 플라잉 바이퍼들이었다.

플라잉 바이퍼와 다크 와이번의 관계는 철저한 공생 관계.

플라잉 바이퍼들은 다크 와이번이 먹다 남긴 사체를 먹고, 다크 와이번은 플라잉 바이퍼들이 생성하는 엄청난 고주파에 숨어 자신의 위치를 노출하지 않을 수 있었다.

다크 와이번끼리의 군주 쟁탈전은 살아남는 것이 무엇보다 중요한 전투.

왕이 죽는 순간 또다시 피의 전쟁이 벌어질 것이고, 전성기의 수컷들은 모두 그때만 기다리고 있었다.

"그래. 플라잉 바이퍼들을 통제하는 것이 가능하겠는가?"

"모든 라이더들이 지속적으로 먹이를 공급하며 천천히 길들이고 있습니다."

"더 이상 사람을 물어뜯지 않는단 말인가?"

"……공격 빈도는 확실히 줄어들었습니다. 그러나 배고픔에 지칠 때면 여전히 흉성을 회복합니다. 아직은 인간을 먹이로 인식하는 것으로 판단됩니다."

"성가신 박쥐 놈들……."

플라잉 바이퍼들은 기초적인 훈련조차 불가능한 그야말로 본능이 전부인 살육 박쥐들.

그 위험한 다크 와이번까지 길들인 마당에 고작 박쥐들 때문에 용기사를 양성하지 못하고 있으니 카젠은 마음이 조급해졌다.

그런 카젠에게 제라드 단주가 드디어 반가운 보고를 했다.

"일부 라이더들이 정상적인 작전 수행이 가능한 수준으로 다크 와이번을 통제하고 있습니다. 그들의 플라잉 바이퍼 역시 다른 개체들보다 흉성이 심하지 않습니다."

"그걸 왜 이제야 말하는 건가?"

"그게…… 그 정도 라이더는 저와 릴제마 둘뿐이기 때문입니다."

그때.

휘리릭—

지휘 막사의 가죽문이 열리며 여러 명의 청년이 들어왔다.

가주와 지휘관이 대담을 하고 있을 때 함부로 지휘 막사에 들어올 수 있는 기사는 없다.

하지만 웃고 있는 카젠.

지휘 막사로 들어온 이가 따뜻한 눈빛으로 자신을 바라보고 있는 큰아들이기 때문이었다.

"생각보다 전선의 구축이 빠르군요. 아버지."

"큰 도움을 받았다."

"역시 그들이 나서 준 겁니까?"

소드 힐과 옴니션스 세이지, 그리고 드래곤 일족들.

"그래. 그분들이 아니었다면 불가능한 일이었다."

하이베른가가 엄청난 속도로 남부 전선을 구축할 수 있었던 이유는 그들의 협력이 결정적이었기 때문.

방어 전선을 구축하는 데 가장 긴 시간을 잡아먹는 것은 전쟁 물자와 보급품을 배치하는 일이었다.

그러나 옴니션스 세이지들이 대단위 공간 이동진을 수없이 설치하며 엄청난 속도로 그 일을 끝마쳐 버린 것.

아이러니하게도 오히려 병력 배치가 더 늦어져 버린 상황이었다.

"마탑의 마도 지원과는 비교조차 할 수 없더구나."

"그들 하나하나가 모두 현자니까요."

과거의 카젠은 렌시아 놈들과의 격차를 이해하지 못했다.

그러나 옴니션스 세이지들의 엄청난 마도와 마탑의 마도 지원을 생생하게 겪은 지금은 뼈저리게 느끼고 있었다.

마법적 역량이 전쟁에서 얼마나 중요한 요소로 작용할 수 있는지를.

마탑의 마도 지원인 에어 컨스트럭션 모빌이 없었다면 순수한 인력으로 수개월 동안 성벽만 쌓았을 것이다.

"어쩐 일로 온 것이냐?"

"곧 알칸 제국이 쳐들어올 겁니다."

아무렇지도 않게, 마치 농담하듯이 뱉어 버린 루인의 폭탄 발언에 카젠이 석상처럼 굳어 버렸다.

"놈들은 르마델을 쓸어버릴 생각으로 총력전을 준비할 것입니다. 단단히 준비하셔야 합니다."

"대체 그게 무슨……"

루인이 가문 밖을 나선 지는 보름도 되지 않았다.

대체 그 짧은 시간 동안 무엇을 하고 다녔길래 그 거대한 알칸 제국이 총력전을 벌인단 말인가?

카젠이 월켄을 쳐다본다.

하지만 대답은 루이즈에게서 흘러나왔다.

〈루인 님께서 닥소스가의 가주를 처단했어요.〉

잘못 들었나 싶어 루이즈를 쳐다보고 있는 카젠.

"은밀히 비열한 짓을 준비하고 있더군요. 살려 둘 수 없었습니다."

"아니……."

〈그리고 루인 님은 진 가문의 영검을 빼앗았어요.〉

카젠은 앞서 닥소스가의 가주를 죽였다는 말을 들었을 때보다 지금이 더욱 당황스러웠다.

"사실입니다."

월켄의 무뚝뚝한 대답에 카젠은 더 이상 아무 말도 할 수 없었다.

라이언 하트 기사단의 단주 제라드가 온몸을 부르르 떨고 있었다.

"그…… 그런 게 가능한 일입니까?"

루인, 월켄, 시르하, 루이즈.

단 네 명이다.

아무리 대공자와 그들의 동료라지만 그런 엄청난 일을 저지를 수 있다는 것이 제라드는 도저히 믿기지가 않았다.

닥소스가의 가주를 죽이고 진 가문의 영검을 빼앗아 왔다는 말의 뜻은 사실상 제국의 모든 방비를 뚫고 임무를 완수했다는 소리.

"대, 대체 왜? 그 신비한 영검은 진 가문의 가주인(家主印)이나 다름없는 보물이지 않느냐?"

루인이 가슴에서 영검을 꺼내더니 무심한 표정으로 허공에 띄웠다.

영검 '모든 이들의 포효'가 허공을 부유하며 찌르르 울고 있을 때 루인의 무심한 목소리가 다시 울려 퍼졌다.

"이건 보물 같은 게 아니라 위험한 괴물을 가두는 감옥입니다."

"감옥……?"

〈 영검의 실체란 역대 가주들의 영혼 무덤이에요. 그들은 영검으로 자신들의 지식을 후대에 남겨 번영을 누릴 수 있었어요. 또한 영검은 그들의 통합된 자아로 구현된 육체를 잠시 소환할 수 있는데…… 그게 바로 괴물, 아니 유일 기사 브라가예요. 〉

루이즈의 설명이 끝나자 루인이 슬며시 웃었다.

"이런 위험한 물건을 진 가문에 남겨 둘 수가 없었습니다. 결국에는 악제 놈의 사념 침범에 당해 버릴 게 뻔하거든요."

그것은 닥소스가의 가주를 살해했다는 말보다 더욱 충격적이었다.

대륙의 모든 기사들에게 존경을 받고 있는 우상, 유일 기사 브라가가 뭐?

역대 가주들의 통합된 자아?

저 영검이 탄생시킨 가상의 기사라고?

내심 존경하고 있던 위대한 기사의 명예가 처참하게 더럽혀졌다.

역시 제라드 단주가 가장 먼저 민감하게 반응했다.

"미, 믿을 수 없습니다!"

ㅊㅊㅊㅊㅊㅊ—

자욱한 보랏빛 귀화와 함께 등장한 샤이로벨이 그런 제라드를 향해 음험한 눈을 부라렸다.

〈바보 같은 인간 놈들. 난 믿을 수 있겠느냐?〉

상상조차 해 보지 못한 존재를 목격하자 제라드는 검을 뽑지도 못했다.

제라드가 다급하게 카젠을 바라봤지만 어느새 사자왕의

눈빛은 차분하게 가라앉아 있었다.

"사실이군."

실로 터무니없는 주장이었지만 이 모든 사실을 말한 당사자는 다름 아닌 하이베른가의 대공자, 자신의 큰아들이었다.

"닥소스가와 진 가문이라……."

한쪽은 가주가 죽었고 다른 한쪽은 영검을 빼앗겼다.

그들이 어떤 마음가짐과 투쟁심으로 전쟁을 벌일지는 불 보듯 뻔한 일이었다.

어쩌면 알칸 제국의 모든 전력과 상대해야 할지도 모르는 일.

비록 충분히 방비했지만 카젠의 심장은 극도의 긴장감으로 두근거리고 있었다.

한데 루인은 그런 아버지의 속도 모르고 천연덕스럽게 웃고 있었다.

"설마 긴장하고 계신 겁니까?"

"이 마당에 태연할 수 있겠느냐?"

루인이 지휘 막사에 매달려 있는 전장 지도를 눈짓으로 가리켰다.

"떠나기 전에 37기의 마장기를 더 배치하고 갈 겁니다. 루이즈가 남아서 옴니션스 세이지들과 함께 마장기를 운용할 겁니다."

"그, 그렇게나 많은!"

이미 카젠은 루인에게 오너 매지션 명단을 건네받아 도합 20기의 운용 계획을 세워 둔 마당.

거기에 따로 37기가 추가된다면 거의 60여 기에 육박하는 전력이었다.

그 정도 전력이라면 중부를 포함한 북부 대륙 전체, 아니 가히 대륙 전체와 싸워 볼 만한 전력이었다.

마침내 루인은 아공간 헬라게아에 보관하고 있는 진네옴 투드라의 모든 물량을 쏟아 낸 것.

"또한 그런 마장기를 드래곤들이 보조하고 나설 겁니다. 협력하기로 한 이상 그들은 확실한 우군이지요."

협력을 이끌어 내는 것이 어렵지 드래곤 일족은 그 어떤 종족보다 맹약(盟約)을 중요시하는 종족.

더욱이 그 맹약의 당사자가 드래곤 일족의 수장인 창세룡 카알라고스였다.

창세룡 카알라고스가 뜻을 세웠다는 것은 드래곤 일족 전체가 운명을 걸었다는 말이었다.

"그리고 우리에겐 최강의 유격 부대, '검은 비'가 있습니다. 이래도 긴장되고 두렵습니까?"

베나스 대륙의 역사를 모두 뒤져 봐도 이만한 전력을 한 국가가 보유한 건 전례를 찾을 수 없는 일이었다.

그러나 제라드 단주는 고개를 숙일 수밖에 없었다.

"……검은 비는 아직 미완의 부대입니다."

"뭐가 문제죠?"

고개를 갸웃거리고 있는 루인을 향해 짤막한 설명을 이어 가는 카젠.

루인이 제라드를 바라보며 차갑게 웃고 있었다.

"먹이로 박쥐를 길들이겠다는 건 누구의 머릿속에서 나온 생각입니까?"

"예? 접니다."

먹이로 박쥐를 길들이는 것이 불가능한 것은 아니다.

실제로 플라잉 바이퍼들이 다크 와이번과 공생 관계를 맺고 있는 건 그들이 남기는 사체 때문이니까.

하지만 그렇게 먹이로 길들이는 건 시간이 오래 걸리는 것이 문제였다.

그들의 공생 관계는 수없는 세대를 거쳐 오며 완성된 하나의 습성이자 본능.

문득 루인이 수인을 뻗었다.

그러자 새하얀 발광 마법이 생성되어 허공을 밝게 수놓았다.

카젠이 두 눈이 의문으로 물들었다.

"갑자기 웬 발광 마법이냐?"

"플라잉 바이퍼들이 오랜 세월 검은 수리 계곡에서 군집을 이루고 있는 건 그곳에 가장 좋아하는 어둠이 존재하기 때문입니다."

"그럼?"

"예. 박쥐는 스트레스로 길들이는 편이 훨씬 시간을 단축시킬 수 있습니다. 공격성을 보이는 즉시 발광석을 발동시키세요."

제라드가 자신을 의문스럽게 쳐다보고 있자 루인이 피식 웃었다.

"마정석에 발광 술식을 새기는 일 따위야 마법 생도들도 할 수 있는 일입니다. 파견 나온 마도학자들에게 부탁한다면 단 몇 분 만에 만들어 줄 겁니다."

지켜보던 카젠이 말했다.

"그랬다가 스트레스를 견디지 못한 플라잉 바이퍼들이 어둠을 찾아 떠나 버리면 어떡하느냐?"

"먹이를 주기 시작했다면서요?"

"뭐?"

"눈앞에 시간만 되면 제때제때 고기를 주는 대상이 있는데, 이미 수백, 수천 년 동안 다크 와이번이 남긴 사체에 길들여진 놈들이 과연 다시 사냥을 시작하려 할까요?"

씨익.

"결국 굴종할 겁니다. 그게 녀석들의 본능이죠. 플라잉 바이퍼들이 대규모 군집을 이루고 있는 것은 외부 환경이 급격히 변화하더라도 자신들의 어둠을 지킬 수 있는 유일한 방법이기 때문입니다."

플라잉 바이퍼들의 습성에 관한 루인의 설명이 한동안

이어지고 있었다.

"그래서 놈들은 언제나 일정한 크기의 군집 형태를 유지합니다. 구(球) 형태죠. 가장 바깥쪽의 플라잉 바이퍼들이 빛을 견디지 못할 때면 안쪽으로 파고들며 동료들과 순번을 바꿉니다. 그렇게 놈들은 끊임없이 순환하며 빛으로부터 자신들을 방어하죠. 이 말의 뜻이 무엇이라고 생각합니까?"

"군집의 안쪽에서, 즉 라이더들이 마주하는 플라잉 바이퍼들은 외부의 스트레스를 장기간 버티던, 한마디로 민감해진 상태란 말이십니까?"

씨익 웃는 루인.

"물론 배고픔에도 지쳐 있겠지만 빛에는 더 취약이란 소리입니다. 빛을 피해 쉬려고 겨우 동료들의 품 안에 숨었는데 다시 빛을 마주하게 된다면? 그게 바로 절망이죠. 실제로 죽는 녀석들도 생길 겁니다."

"아……."

그동안 자신의 시야를 괴롭히던 희뿌연 안개가 모조리 걷히는 심정.

한동안 희열의 표정으로 서 있던 제라드 단주가 카젠을 향해 진중하게 요청했다.

"지금 당장 실험해 보겠습니다!"

"그리하라."

"충!"

그렇게 제라드 단주가 지휘 막사를 나가자 다시 카젠이 루인의 두 눈을 마주 바라보았다.

"적응이 되지 않는구나."

그야말로 거침이 없는 루인.

그는 마치 영웅심에 도취된 풋내기 귀공자처럼 날뛰고 있었다.

특히나 저 마신의 존재.

기사들이 전쟁의 역사를 배운 이상, 마계를 향한 그들의 적대감은 이루 말할 수 없을 정도로 컸다.

"제라드 앞에서 저 마계의 생명체를 그렇게 함부로 드러내도 되겠느냐?"

슬며시 웃고 있는 루인.

"다른 기사라면 몰라도 제라드는 상관없습니다."

카젠으로선 그런 믿음의 이유가 궁금했지만 이내 포기하고 말았다.

"검은 비 기사단을 완성하면 어떤 일이 생긴다 해도 절대로 그들을 수성에 동원하지 마십시오."

카젠은 곧바로 루인의 뜻을 읽었다.

어느덧 그도 루인처럼 잔인하게 웃고 있었다.

"적이 전의를 잃고 퇴각할 때만을 노리란 뜻이냐."

"르마델의 용기사들은 공포로 군림하는 존재여야 합니다."

전장에서 가장 많은 사상자가 발생하는 상황은 의외로

치열한 공방에서 비롯되지 않는다.

어느 한쪽의 병력이 대규모로 퇴각 작전을 벌일 때, 그들을 쫓는 기병들에 의해 엄청난 사상자가 발생하는 것이다.

한데 하늘을 나는 용기사들이 그런 기병 부대를 대신하게 된다면?

그것은 아마도 추격 작전이 아니라 일방적인 살육일 것이다.

상상만으로도 전율이 치미는 듯, 카젠의 두 눈에는 진득한 열기로 가득했다.

"직접 전장을 지휘할 생각은 없는 것이냐?"

루인이라면 오랜 세월 르마델 왕국을 괴롭혀 온 알칸 제국을 보기 좋게 패퇴시킬 수 있을 터.

더구나 루인이 초월자라는 사실은 아직 대외적으로 알려지지 않았다.

대공자가 진정한 신위를 드러낸다면 틀림없이 유일 기사급의 위상을 지니게 될 것이었다.

그런 위대한 존재가 자신들과 함께한다?

그 하늘을 찌를 듯한 사기야 군이 설명할 필요조차 없었다.

"아버지께서 하셔야 합니다."

"네 녀석이 다 짠 판에서 노는 것 같아 난 그리 마음에 들지 않는다."

루인이 웃었다.

"르마델의 대공(大公)은 아버지이십니다. 의무가 싫으시다면 이제 그만 데인에게 물려주시든지요."

"데인은……."

"아버지."

오랜 세월 가슴에 품어 온 말.

"저는 과거에서 돌아온 비현실의 존재입니다. 섭리를 비튼 대가를 언제든지 감당하게 될 수도 있다는 뜻입니다."

"너……."

"모든 이들에게 저를 보여 주고 드높이고 싶은 아버지의 마음은 저도 압니다. 하지만 아버지. 어느 날 갑자기 제가 사라질 수도 있다고 생각해 보십시오."

자식으로서 해선 안 될 말이었지만 지금의 상황에선 꼭 필요한 말이기도 했다.

시간을 거스른 대가란, 언제 닥쳐도 이상하지 않은 일.

"너는 참…… 그런 말을 아무렇지도 않게 잘도 하는구나."

"누굴 닮았겠습니까."

"……못된 녀석."

음울한 눈빛으로 그렇게 한참을 서 있던 카젠이 다시 무겁게 입을 열었다.

"그렇다면 그렇게 이 아비를 전장에 내팽개치고 또 무슨 엄청난 짓을 벌이고 다닐 생각이더냐? 설마 남부의 열국들도 자극할 셈이냐?"

"당분간 전장을 더 넓힐 생각은 없습니다."

"그럼?"

"오랫동안 사람들에게 잊혀진 한 사람의 흔적을 찾아낼 생각입니다."

"사람? 그게 누구더냐?"

루이즈를 바라보는 루인.

"마헤달입니다."

용사 마헤달(Ma-herdal).

마왕 발푸르카스를 물리치고 인간들에게 천 년 평화를 선물해 준 위대한 영웅.

그렇게 루인이 성자 아스타론과 더불어 인류의 2대 영웅인 마헤달을 언급하자 카젠의 궁금증은 더욱 폭발했다.

"마헤달이라면 슬픔의 시대를 종식시킨 대영웅이 아니냐?"

그러나 불행하게도 그에 관한 기록은 그리 많이 남아 있지 않았다.

마왕군과의 무수한 전투에서 많은 자료들이 소실됐고, 그를 기억하는 사람들도 이제는 소수였기 때문.

그렇게 그에 관한 기록은 극히 제한적이라 실제의 위인이라기보단 신화처럼 존재하는 영웅이었다.

"전 죽지 않는 영웅이 필요합니다."

물론 검성(劍聖)과 성녀(聖女), 대마도사(大魔道士)를 비롯한 영웅들의 존재는 인류 진영의 사기에 엄청난 도움이 됐었다.

하지만 영웅들은 반드시 죽는다.

처음으로 영웅이 죽었을 때 인류 연합군은 불같이 분노하며 복수를 다짐했다.

하지만 두 번째로 영웅이 죽었을 때 슬픔이 걷잡을 수 없이 전염됐고, 세 번째로 죽었을 땐 절망하는 자들이 기하급수적으로 늘어났다.

결국 전쟁의 끝자락에서 인류 연합군의 병사들을 덮친 것은 끝없는 무기력감이었다.

언제나 영웅들의 등만 보며 달려왔는데 그런 영웅들이 모두 사라져 버렸으니 아무런 희망도 찾을 수 없게 된 것이었다.

"실제로 존재하지 않는 영웅, 하지만 언제나 자신들의 영혼과 함께하고 있다는 믿음. 저는 그것을 준비하고자 합니다."

루인의 말을 듣고 있자니 그건 마치 종교를 설명하는 것 같았다.

그러나 한 사람의 인격에 그런 종교적인 신념을 싹틔우게 만드는 일은 보통 어려운 일이 아니었다.

"마헤달이라…… 그의 신화라면 물론 파급력이 엄청날 것이다. 하지만 그를 어떻게 우리의 영웅으로 만들 수 있단 말이냐?"

그제야 루인이 루이즈를 응시했다.

루이즈는 당혹해하고 있었다.

〈루인 님! 전……!〉

"바로 루이즈가 마헤달의 직계 후손입니다. 그녀의 신분을 증명할 수 있는 뭔가가 있다면 마헤달을 우리의 영웅으로 만들 수 있습니다."

"그게 사실이냐?"

마헤달의 직계 후손.

그 정통성이란 누구도 넘볼 수 없는 거대한 아성.

증명만 할 수 있다면 대륙에 존재하는 어떤 왕족의 혈통보다도 위력적일 터였다.

〈너무 오래된 일이에요! 그리고 그건…….〉

"그래. 분명 넌 할머니가 해 준 말이 전부라고 했지. 하지만 난 믿는다."

〈왜…….〉

루인의 눈빛이 차분하게 가라앉는다.

그거야 네 과거를 모두 아니까.

악제군과 싸워 온 적요하는 마법사의 모든 것을 안다면, 마혜달이 아니라 신의 후손이라고 해도 고개를 끄덕일 수 있을 것이었다.

카젠의 두 눈은 어느덧 의문으로 물들어 있었다.

"네 의도는 알겠다. 그러나 저 소녀가 마혜달의 명예와 가치를 대리하게 만드는 것은 어차피―"

"예. 그녀도 죽을 수 있습니다. 하지만 그건 일회성이지요."

"일회성?"

"영웅은 한 명으로 족합니다. 마혜달의 후손 루이즈. 살아서 함께 싸울 수 있다면 더없는 힘이요 영광이겠으나 만약 그녀가 죽는다고 해도―"

"복수의 불길이 타오르겠구나. 더없이 거대한 분노가 군세를 휘감을 것이다."

마혜달의 후손이 죽는다.

그것은 절망으로 그치지 않는 거대한 불길의 발화점이었다.

그제야 카젠은 지금까지의 루인의 모든 행동이 이해됐다.

루인이 대외적으로 자신의 권위와 경지를 드러내기를 꺼렸던 이유가 명확해진 것.

그는 충분히 사람들의 축복을 받으며 영웅으로 살아갈 수 있었다.

그러나 루인은 다시는 사람들의 절망으로 남기가 싫었던 것이다.

월켄과 시르하를 차례대로 바라보는 루인.

이번 생에서는 저 가여운 영혼들을 다시 영웅으로 살게 할 수가 없었다.

숨은 영웅.

저 바보처럼 착한 친구들을 이번 생에서는 인류의 그림자로 살게 만들 것이었다.

"하지만 무엇으로 저 소녀의 신분을 증명할 수 있단 말이냐?"

루인은 웃고 있었다.

그는 곧장 아공간 헬라게아를 열어 그 속에서 순결한 새하얀 로브와 눈부신 광채를 뿜어내고 있는 롱 소드를 꺼내 들었다.

"그건 또 무엇이냐?"

"아스타론의 성검(聖劍), 그리고 그가 생전에 입었던 로브입니다."

성자 아스타론의 성검과 로브라니?

"……그걸 네가 어떻게?"

마왕 발락카스와 함께 시공의 폭풍 속으로 빨려 들어가며

스스로를 희생한 또 한 명의 위대한 영웅.

그는 인류의 역사에서 성자(聖子)의 칭호를 획득한 유일무
이한 존재이며, 또한 알칸 황가의 정통성에서 가장 중요한 위
치를 차지하고 있는 역사 속의 인물이었다.

황제의 강력한 신성(神性)이 지배하고 있는 알칸 제국이,
유일하게 황제와 동격으로 대우하고 있는 영웅이 바로 성자
아스타론.

성자 아스타론이 알칸 황실과 정확히 어떤 관계인지는 알
려지지 않았으나 틀림없이 그들과 복잡한 역사로 얽혀 있을
터였다.

**〈흥. 발락카스 놈은 늘 전리품처럼 인간 하나를 개처럼 끌
고 다녔지. 그건 놈이 나의 혈우 지대에 귀속하며 바친 물건
이다.〉**

인간 문명의 대영웅이 마계에서 그렇게 처참하게 살아가
고 있다니…….

카젠이 답답한 가슴을 어루만질 때쯤 다시 루인의 음성이
들려왔다.

"예전에 어브렐가의 레펜하이머 가주에게 이 물건들을 보
여 줬더니 금방 알아보더군요. 성자 아스타론의 유물들은
그만큼 널리 알려져 있습니다. 웬만한 마도 가문들조차 그렇게

쉽게 알아보는데 알칸 황실이 이 물건의 실체를 모를 리가 없지요."

그제야 카젠은 대공자의 의도를 간파했다.

"그 성자 아스타론의 유물을 알칸 황실에 공여하는 대가로 알칸 황실의 보증을 요구할 셈이냐?"

"역시 아버지십니다."

대륙을 지배하는 거대한 제국, 알칸 황실의 보증.

헤볼 찬이라 불리는 아렐네우스 황제가 만방에 공언을 해준다?

알칸의 황제가 마헤달의 후손이라는 정통성을 보증한 마당에 그 어떤 자가 감히 문제 삼을 수 있겠는가?

"한데 그 고고한 알칸 황실이 네 요구대로 따르겠느냐?"

아무렇지도 않다는 투로 말하는 루인.

"아버지."

"응?"

"누군가가 선조 사홀 님이 남긴 검술을 가져온다면 과연 아버지는 어떤 부탁까지 들어줄 수 있겠습니까?"

초대 사자왕 사홀의 심득을 회수하기 위해 그 엄청난 지하 미로를 수백 년간 팠던 하이베른가였다.

사홀이 남긴 심득이란 그만큼 가치를 매길 수 없을 만큼 거대한 것이었다.

"분명 아버지는 렌시아 놈들이 들고 온다고 해도 수단과

방법을 가리지 않고 거래할 겁니다. 그만한 가치를 지닌 가문의
유물이니까요."

카젠의 눈빛이 당혹스런 감정으로 물들었을 때 루인이 예
의 씨익 하고 웃었다.

"이 검과 로브는 놈들에게 딱 그런 유물입니다."

〈13권에서 계속〉

잇츠 마이 라이프

IT'S MY LIFE

초촌 현대판타지 장편소설

무심코 내뱉은 술주정이 현실로?
다사다난했던 1983년으로 회귀하다!

우연한 술자리에서 속마음을 털어놓은 것은,
그저 가슴속 멍울을 해소하기 위한 몸부림이었다.

"솔직히 좀 부럽더라고요.
그런 인생을 살고 싶었거든요"

대기업 마케터로 잘나갔고, 작가의 삶도 후회하지 않는다.
마흔이 넘도록 내세울 것 하나 없다는 것만 빼면.
그래서 푸념처럼 했던 말인데, 정말로 현실이 될 줄이야.
5공 시절의 따스한 봄날, 7살의 장대운이 되었다.

지금이 아니면 다시는 돌아오지 않을 기회.
제대로 폼나게 살아 보자.
이 또한 장대운, 내 인생이니까.

잇츠
빌런스 코리아

초촌 현대판타지 장편소설

"국민을 기만하고
자기 잇속만 챙기는 놈들의 악당이,
악당의 악당이 되고 싶습니다."

부패한 정치권을 바꾸려는 전직 국회의원.
그런 그에게 손을 내미는 남자.

"그 악당. 저도 돼 보고 싶어졌거든요.
문호 씨의 그 꿈. 저에게 파세요."

천재와 거물이 만들어 내는
한 번도 경험해 보지 못한 새로운 대한민국!

IT'S VILLAIN'S KOREA.